December 2009

Dear Li[illegible]

Just have fun by reading
and counting in the book.

Hope you like the stories
and that you can't stop,
that you are going to love :)
the book.

Have fun, lots of love
from your loving cousin
out of Germany.

Love you both! ♡
Inga D. Mäß

Stefan Wilfert

Wer rechnet schon mit Weihnachten?

24 Knacknüsse für Rätselfans

Für Sara: 64 + 28 = 219

© Fabiano Busdraghi

Stefan Wilfert wurde in Berlin geboren. Er studierte in München Soziologie und Zeitungswissenschaften, arbeitete danach 15 Jahre lang als Redakteur beim Hörfunk und ist seit 1988 freiberuflich als Herausgeber, Übersetzer, Rezensent, Spielejournalist und Autor tätig. Er lebt in München und in der Toskana.

Weitere Titel von Stefan Wilfert bei dtv junior: siehe Seite 4

© privat

Claudia Weikert, geboren 1969 auf dem Vogelsberg in Hessen, studierte in Wiesbaden und Mainz. Seit 2001 gehört sie als freiberufliche Illustratorin der Ateliergemeinschaft Labor in Frankfurt an und illustriert vorwiegend im Bereich Kinder- und Jugendmedien. Mehr von Claudia Weikert und ihren Illustrationen unter www.laborproben.de

Stefan Wilfert

Wer rechnet schon mit Weihnachten?

24 Knacknüsse für Rätselfans

Mit farbigen Illustrationen
von Claudia Weikert

Deutscher Taschenbuch Verlag

Von Stefan Wilfert sind bei dtv junior außerdem lieferbar:
Mit Pfefferminz und Köpfchen, dtv junior 70758
Costa Criminale, dtv junior 71238
Big Bill kriegt sie alle!, dtv junior 71354

Ungekürzte Ausgabe
In neuer Rechtschreibung
2009 Deutscher Taschenbuch Verlag GmbH & Co. KG,
München
www.dtvjunior.de

Umschlagkonzept: Balk & Brumshagen
Umschlagbild: Claudia Weikert
Lektorat: Maria Rutenfranz
Gesetzt aus der Gill Sans
Gesamtherstellung: Kösel, Krugzell
Printed in Germany · ISBN 978-3-423-71387-0

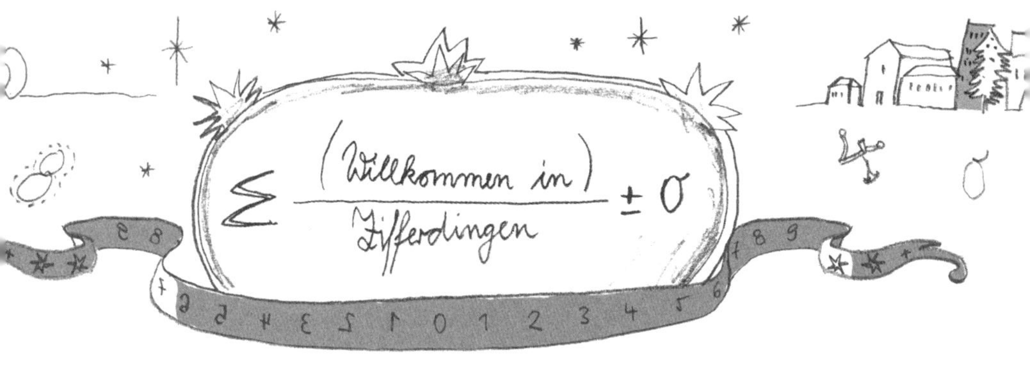

3 Schulen, 2 Kindergärten, 4 Spielplätze, 8 Bäcker, 3 Metzger, 1 Kirche, 7 Gasthäuser, 1 Polizeistation, 25 Geschäfte, 1 Kaufhaus, 3 Tankstellen, 1 Kino – das ist Zifferdingen. Jetzt in der Vorweihnachtszeit glänzt und blinkt es überall, wo man nur hinschaut: Lichterketten mit Tausenden kleiner Glühbirnen durchziehen die Innenstadt, in den Vorgärten der Häuser am Stadtrand leuchten Weihnachtsmänner aus Plastik und viele Kinder tragen rote Weihnachtsmannmützen, auf denen kleine Lämpchen blinken. Also eine Stadt wie viele andere? Nein! Denn Zifferdingen hat eine Besonderheit: die Zifferdinger! Sie lieben es nämlich, Rätsel aufzugeben. Und die hängen mit dem Namen ihrer Stadt zusammen: ZIFFERdingen. In ihren Rätseln geht es meist um Ziffern und Zahlen. Wenn man zum Beispiel Herrn Altin und seinen Sohn trifft und fragt, wie alt er ist, so sagt er: »Jetzt bin ich dreimal so alt wie mein Sohn, vor vier Jahren aber war ich viermal so alt wie er.« Er hätte natürlich auch sagen können, dass er 36 Jahre alt ist und sein Sohn 12. Aber das wäre ja zu einfach. Ebenso ergeht es einem in Zifferdingen beim Weihnachtseinkauf, beim Krippenspiel, in der Schule, auf dem Weihnachtsmarkt …

Also 8ung, aufgepasst und mitgem8! Viel Spaß bei der Run3se durchs weihn8liche und räts11reudige Zifferdingen …

1. Das Viertel der Weihnachtswächter

Herr Petruk war Briefträger und tat, was Briefträger eben so tun: Briefe und kleinere Päckchen austragen. Früher war Herr Petruk Briefträger in einer großen Stadt gewesen. Er hatte dort jahrelang immer in denselben Straßen die Post ausgetragen. Aber nach vielen Jahren in der Großstadt und nachdem seine Kinder aus dem Haus waren, hatten er und seine Frau beschlossen in eine kleinere Stadt zu ziehen. Nach Zifferdingen. Das er zunächst für eine wunderbar normale Stadt hielt. Aber als man ihm seinen Bezirk zuteilte, zweifelte er doch daran, ob in Zifferdingen alles mit rechten Dingen zuging. Sein künftiges Arbeitsgebiet lag nämlich im Viertel der »Weihnachtswächter«. Die Weihnachtswächter, das war eine Gruppe etwas verrückter Künstler, die sich zusammengeschlossen hatten und seitdem die verrücktesten Kunstobjekte herstellten, die alle mit Weihnachten zu tun hatten. Die Idee war entstanden, weil die Hauptstraße, die durch das Viertel führte, Weihnachtsstraße hieß. Berühmt wurden eine knallrote Weihnachtskrippe mit knallgrünen Robotern, ein 20 Meter hoher Weihnachtsbaum aus Fernsehantennen, ein Video, auf dem ein winziger Weihnachtsmann zu sehen war, der immerzu »Frohe Ostern« wünschte, und vieles andere mehr. Und hier in diesem Viertel mit der Weihnachtsstraße sollte Herr Petruk ab heute die Post austragen.

Er hatte seine Posttasche genommen und sie auf das Fahrrad verfrachtet. Die Tasche war mehr als voll. In der Weihnachtszeit

war das normal. Da schickten eben alle Leute Weihnachtsgrüße und in kleineren Päckchen auch Geschenke an Freunde oder Verwandte. Herr Petruk stöhnte. »Na, das geht ja gut los. Erster Tag, ein Haufen Post. Da werde ich mich wohl zweimal auf den Weg machen müssen. Also jetzt fahre ich erst einmal zur Weihnachtsstraße.« Er schwang sich aufs Fahrrad und fuhr los. Kurz darauf war er am Beginn der Weihnachtsstraße angekommen. Sie war nur auf einer Seite bebaut. Auf der anderen Seite begann schon der Stadtwald. »Na prima«, meinte Herr Petruk, »da brauche ich wenigstens nicht nach geraden und ungeraden Hausnummern zu sortieren.« Er schaute sich um. »Na bitte, da ist ja schon Hausnummer 1.« Er warf die entsprechenden Briefe ein. So auch bei Nummer 2. Hier wohnt bestimmt ein Künstler, dachte er, als er einen rosaroten Weihnachtsbaum sah, der mit lauter grünen viereckigen »Kugeln« geschmückt war. Auf der Spitze des Weihnachtsbaumes saß ein kleiner Gartenzwerg, der in seinen Händen einen noch kleineren Gartenzwerg hielt, der wiederum einen winzig kleinen Weihnachtsbaum festhielt. Staunend stand Herr Petruk davor. ›Schön, ist doch mal was anderes‹, dachte er und schob sein Fahrrad weiter. Auch vor dem Haus Nummer 3 staunte er. Acht große Weinflaschen standen davor. Auf der ersten stand Wein1, auf der zweiten Wein2, auf der dritten Wein3 bis hin zur Flasche Wein7. Auf der letzten Flasche stand nichts geschrieben. ›Seltsam‹, dachte Herr Petruk, ›das müsste doch

Wein8 sein … Ach so! Wein8 wie *Weihnacht.*‹ Lächelnd warf er die Post in den Briefkasten und ging zu Haus Nummer 4. Dachte er! Haus Nummer 4 aber gab es gar nicht. Das nächste Haus hatte die Nummer 5.

›Nummer 5? Wieso Nummer 5? Nach Nummer 3 kommt immer noch Nummer 4!‹ Herr Petruk ging zurück. Da war Nummer 3. Er ging wieder zurück. Nummer 5. Er hatte sich nicht geirrt. ›Komisch‹, dachte er und warf die Briefe für Nummer 5 in den entsprechenden Briefkasten. Noch immer kopfschüttelnd ging er weiter zum nächsten Haus und staunte nicht schlecht, als er nach der Hausnummer sah: Nummer 8!

»Das gibt's doch gar nicht«, sagte er laut. »Was soll denn das jetzt?«

Er wühlte in seiner Posttasche, um nachzusehen, ob er auch Post für Hausnummer 8 hatte. Aber nein, nur Post für Hausnummer 13.

»Jetzt versteh ich gar nix mehr«, sagte er vor sich hin und ging zum nächsten Haus, das tatsächlich die Nummer 13 trug.

In diesem Moment öffnete sich die Haustür und heraus kam eine junge Frau mit einem bodenlangen Gewand, unter dem karierte Filzpantoffel hervorschauten. Auf dem Kopf trug sie eine große bunte Mütze mit einem roten Hahnenkamm.

»Hallo, Herr Briefträger!«, sagte sie. »Ich hab schon auf Sie gewartet. Haben Sie was für mich?«

»Wenn Sie Frau Klammer sind? Dann ja.«

Herr Petruk überreichte ihr drei große Umschläge, die die Frau strahlend anschaute. »Wunderbar! Meine Weihnachtsgeschenke. Das sind alles speziell für mich angefertigte Flügelschrauben, wissen Sie. Die brauche ich für meine Arbeit.« Und sie zeigte auf die Haustür, die, wie Herr Petruk erst jetzt bemerkte, aus lauter kleinen Weihnachtsengeln bestand, deren Flügel aus den breiten Flügelschrauben bestanden.

Herr Petruk schaute noch einmal in seine Posttasche und fragte dann: »Sagen Sie mal, Frau Klammer, ich bin ja neu hier. Aber das mit den Hausnummern hab ich nicht verstanden. Erst kommt Nr. 1, dann Nr. 2, dann Nr. 3, Nr. 5, Nr. 8 und jetzt hier Nr. 13 ...«

»... Na, dann können Sie sich ja ausrechnen, welche Nummer das nächste Haus hat«, unterbrach ihn Frau Klammer und schloss die Tür.

Ratlos stand Herr Petruk da. ›Wieso? Wie kann ich das ausrechnen?‹, dachte er. Und er begann nachzudenken.

Frage:

1, 2, 3, 5, 8, 13 ... welche Nummer hat das nächste Haus?

Und hier kommt die Lösung:

Herr Petruk hatte noch einmal genau überlegt, wie die Hausnummern bisher geheißen hatten: 1, 2, 3, 5, 8, 13. Erst einmal hatte er es mit den Abständen zwischen den Zahlen versucht, aber das hatte zu nichts geführt. Dann hatte er plötzlich gesehen, dass man die Zahlen zusammenzählen muss. Und zwar immer die zwei Zahlen vorher. Also die 3 ergibt sich durch 1 + 2. Zählt man 2 + 3 zusammen, ergibt sich 5. 3 + 5 ergibt 8 und 5 + 8 ergeben 13. Also musste die nächste Hausnummer die 21 sein, denn 8 + 13 ergeben 21. Herr Petruk ging ein paar Schritte weiter. Und tatsächlich, groß am Haus stand eine 21. Aus der Haustür kam gerade ein als Weihnachtsmann verkleideter Mann heraus.

»Ho, ho«, sagte er. »Post für den Weihnachtsmann. Nur her damit, guter Mann.«

Herr Petruk schaute auf die Post und sagte: »Aber nur, wenn Sie der Herr Einstein und nicht der Weihnachtsmann sind.«

Herr Einstein lachte und meinte: »Nein, ich bin der Weihnachtsmann und nur ganz selten mal Herr Einstein.« Er nahm die Briefe und verabschiedete sich: »Danke, Herr Petruk!« Und weg war er.

Herr Petruk? Ja, woher wusste der jetzt den Namen des Briefträgers!!

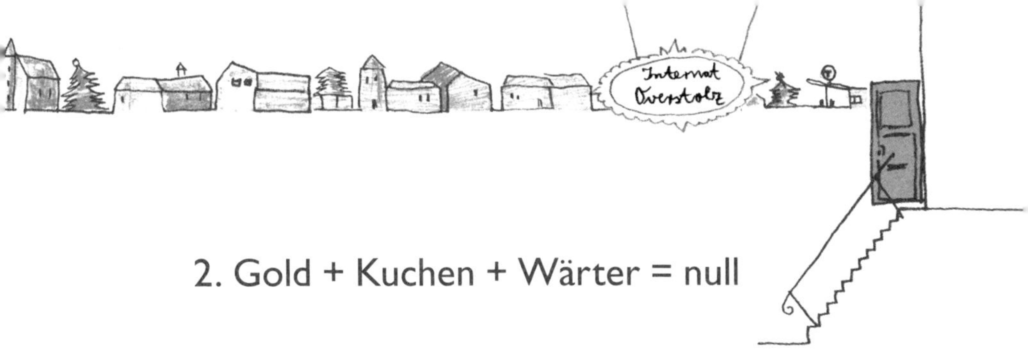

2. Gold + Kuchen + Wärter = null

»Mann, super! Da liegt das Paradies vor uns!« Kostas schrie es laut heraus.

Schoppi packte ihn am Kragen. »He, bist du wahnsinnig, du alter Knacksack? Hier so rumzuschreien! Gleich kommt jemand und wir landen in der Zelle.«

Aber Kostas hörte nicht auf seinen Freund. Er war viel zu begeistert von dem, was er da vor sich sah. Rechts im Regal jede Menge Dosen mit bestem und teurem englischen Rosinenkuchen. »Mann, super. Ich glaub's nicht. Der echte Huxley-Christmas-Kuchen! Mit französischen Rosinen! Das ist das Beste, was es gibt, glaub mir.«

Er drehte sich um zu seinem Freund, der auf dem Boden hockte und ihm wieder zuzischte: »Halt endlich dein Maul, sonst erwischen die uns und wir erwischen gar nix! Und außerdem suchen wir keinen englischen Popel-Kuchen, sondern die Weihnachtsmänner mit den vergoldeten Hüten.«

Kostas und Schoppi gingen nicht mehr zur Schule. Beide hatten eine Arbeit, aber wenn sich etwas ergab, wo sie ein krummes Ding drehen konnten, dann waren sie dabei. Vor zwei Tagen hatten sie zum ersten Mal davon gehört, dass im Internat Overstolz, in das nur die Reichsten der Reichen ihre Kinder schickten, an jedes Kind ein großer Weihnachtsmann ausgeteilt werden sollte, dessen Hut nicht rot war, sondern golden. Und zwar mit reinem Blattgold belegt.

»Was ist denn Blattgold?«, hatte Kostas seinen Freund gefragt.

»Mann, du bist so doof wie mein Schlafsack. Hat noch nie was von Blattgold gehört! Das ist Gold, das wird so fein gewalzt, das ist dünner als Papier.«

Kostas schaute ihn verwundert an. »Dünner als Papier? Das gibt's doch gar nicht.«

Schoppi rollte mit seinen Augen. »Der Kerl weiß aber auch gar nix. Klar ist Blattgold dünner als Papier. Wenn du's genau wissen willst, es ist nur 0,007 Millimeter dick.«

Jetzt staunte Kostas. »Mann, ist das dünn, Mann! Das sind ja nur... das ist ja nur...«

»Das sind nur sieben tausendstel Millimeter, das müsstest du doch wissen. So dünn ist nämlich auch dein Hirn!«, sagte Schoppi und fuhr fort zu erklären: »Pass auf: Wie viele Schüler hat das Internat? So etwa 600. Jeder kriegt einen Weihnachtsmann mit Blattgold-Hut.«

Kostas klatschte in die Hände. »Klasse! Da kriegt jeder von uns 300 Schokoladen-Weihnachtsmänner! Wo ich doch Schokolade so gerne esse.« Schoppi knuffte seinen Freund in die Schulter. »He, du Fressi, die Schoko ist mir piepegal. Wir kratzen das Blattgold ab und verscherbeln es dann. Das ist ein Haufen Kohle für uns beide. Darum geht's! Capito?«

Kostas nickte. »Capito! Aber erst mal müssen wir sie uns holen.«

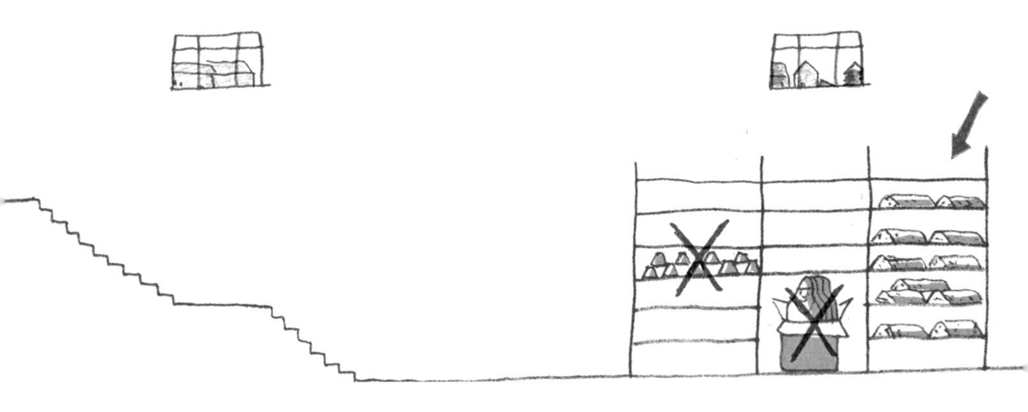

Und so schlichen sich die beiden zwei Tage später in den Keller des Internats.

»Wo sind denn nun die Weihnachtsmänner?«, fragte Kostas, der immer noch sehnsüchtig auf den englischen Rosinenkuchen schaute.

»Weiß der Kuckuck, wo die stecken.« Schoppi kramte zwischen Kisten und Regalen herum. Unter einer großen Plane entdeckte er mehrere Kartons. Aber als er sie öffnete, fanden sie nur Christbaumkugeln. »Mistikack«, fluchte Schoppi und suchte weiter. Aber nach einer Weile mussten sie aufgeben. Alles fanden sie, nur keine Weihnachtsmänner und schon gar kein Blattgold. Kostas wurde jetzt nervös. »Schoppi, lass uns gehen. Wenn wir hier länger bleiben, werden wir noch erwischt.«

Schoppi knurrte, gab ihm aber Recht. »Okay, lass uns verschwinden.« Er wollte schon zur Tür gehen, als er Kostas an der Schulter packte. »Warte mal. Was hast du da vorhin von dem englischen Schokokuchen gesagt?«

Kostas schüttelte den Kopf. »Nicht Schokokuchen. Original englischer Huxley-Christmas-Rosinenkuchen. Das ist das Beste, was es gibt. Jede Dose 1 Kilo schwer und 20 Euro teuer.«

Schoppi haute ihm auf die Schulter. »Mann, Klasse, jetzt werde ich dir mal verkasematuckeln, was wir machen werden.«

Kostas schaute ihn etwas irritiert an. »Ver… was?«

»Verkasematuckeln, erklären, capito!?«

Schoppi ging zu dem Regal mit den Kuchen. Aus einer Ecke griff er sich sechs Säcke und gab Kostas die restlichen sechs. Er begann sofort Dosen hineinzustopfen. »Los, du auch. So viel du tragen kannst. Schnell. Und dann verscherbeln wir die Christmas-Dingsda-Kuchen für gutes Geld! Wenn die so sind, wie du sagst, dann reißen sich die Leute alle vier Backen auf, um sie zu kaufen. Darauf verwette ich meine besoffene Katze!«

Beide begannen so viele wie möglich von den Dosen in die Säcke zu stopfen. »Und jetzt ab durch die Mitte«, zischte Schoppi nach einer Weile. Er griff sich ein paar Säcke und rannte zur Tür, Kostas mit den restlichen Säcken hinterher.

Nach einer Weile stöhnte Kostas. »Wart mal, ich kann nicht mehr, ich muss eine Pause machen. Die Säcke sind so schwer.«

Aber Schoppi ging stur weiter. »Nix da, hier macht keiner schlapp. Beweg dich. Was beklagst du dich eigentlich? Ich trage viel mehr als du! Wenn du mir noch einen deiner Säcke gibst, würde ich genau das Doppelte tragen!« Kostas grunzte nur und meinte, Schoppi sei ja auch ein Jahr älter als er. Aber der hörte gar nicht zu und redete weiter. »Und würdest du mir einen Sack abnehmen, dann würden wir gleich viele Säcke schleppen!« Wieder grunzte Kostas nur.

Frage:
Wie viele Säcke schleppte Schoppi, wie viele Kostas?

Und hier kommt die Lösung:
Schoppi trägt zwei Säcke mehr als Kostas! Im Moment trägt er sieben Säcke und Kostas fünf. Gibt Kostas einen ab, trägt er nur noch vier und Schoppi muss statt der bisherigen sieben dann acht Säcke tragen, also das Doppelte. Denn insgesamt hatten sie ja 12 Säcke gefunden. Und würde Kostas einen Sack von Schoppi übernehmen, würden sie jeder gleich viel, nämlich sechs Säcke tragen.

Die beiden hatten aber überhaupt keine Zeit, über so etwas nachzudenken. Denn plötzlich schrie jemand laut: »Wer da?«, und kurz darauf hörten die beiden Kuchenräuber Hundegebell, das rasch näher kam.

»Los, Mann, nix wie weg«, rief Schoppi. Sie sprinteten über die Wiese zur Begrenzungsmauer, die sie hastig überwanden. Dann rannten sie weiter und erst im Eingang des Hauses, in dem beide wohnten, hielten sie inne, um zu verschnaufen.

»Das war knapp«, keuchte Kostas außer Atem. Schoppi nickte nur und schaute Kostas an. »Und wo sind deine Säcke mit der Beute?« Kostas zuckte nur mit den Schultern. »Weggeschmissen. Damit ich schneller rennen kann! Und du?«

»Ich auch«, antwortete Schoppi etwas kleinlaut. »Wir haben die Rechnung ohne den Wärter gemacht. Nix haben wir jetzt. Gold plus Kuchen plus Wärter ist gleich null!«

3. Frohes Namensfest

»Ja, ja, bis bald. Auf Wiedersehen!« Mit einem Stöhnen legte Bürgermeister Wellberg auf. Ein Telefonat jagte das andere. Und alle hatten mit Weihnachten zu tun. Eine Einladung zur Weihnachtstombola des Sportvereins, ein anderer wollte Geld für den Weihnachtsball des Bauernverbandes, ein Dritter …

»Wenn doch Weihnachten nur schon vorbei wäre«, stöhnte er und ließ sich schnaufend in seinen Sessel zurückfallen. Aber ihm war keine Pause vergönnt. Es klopfte und seine Sekretärin steckte ihren Kopf durch die Tür. »Bürgermeisterchen, wir müssen noch den Besuch von den Numbergern durchgehen«, flötete sie.

Der Bürgermeister stöhnte erneut. »Okay, kommen Sie rein, Luise. Ich bin zwar fix und foxi, aber es muss ja sein.«

Numberg war eine befreundete Stadt, deren Gemeinderat jedes Jahr zur Weihnachtszeit den Zifferdingern einen Besuch abstattete.

»Was bieten wir denn denen dieses Mal? Haben wir schon was ausgearbeitet?«

Die Sekretärin nickte. »Erst gehen sie in die Schule und machen eine Bescherung bei den Kindern. Wir – das heißt Sie, Bürgermeisterchen – machen mit allen Gemeinderäten einen Gang über den Weihnachtsmarkt. Natürlich mit Presse und Radioleuten.«

»Was? Kein Fernsehen?«

»Nein.« Die Sekretärin schüttelte den Kopf. »Die haben abgesagt, Bürgermeisterchen.«

Bürgermeister Wellberg schnaufte wieder. »Sagen Sie nicht immer Bürgermeisterchen zu mir. Wenn das jemand hört!«

Luise nickte. »Jawohl, Bürgermeisterchen.«

Herr Wellberg rollte mit den Augen und fragte: »Wollen die wieder wie letztes Mal …«

»… im Weihnachtsmannkostüm über den Weihnachtsmarkt laufen. Genau. Und Sie natürlich auch. Die Figur haben Sie ja«, meine die Sekretärin und schaute auf den mächtigen Bauch des Bürgermeisters.

Der lachte, streichelte seine Wampe und machte »Ho ho ho!«.

Luise, seine Sekretärin, redete weiter. »Da ist noch etwas. Seit dem letzten Mal haben die Numberger einen neuen Bürgermeister gewählt. Und auch alle elf Gemeinderäte sind neu gewählt worden. Wir kennen überhaupt keinen von denen. Nicht mal den Numberger Bürgermeister.«

Sein Zifferdinger Kollege schaute etwas komisch. »Na ja, irgendwie wird's schon gehen. Die Namen haben wir doch, oder?«

Seine Sekretärin nickte. »Das schon. Aber das ist alles sehr schwierig, weil es lauter gleiche Namen sind.«

»Wieso?« Wellberg schaute seine Sekretärin an. »Gleiche Namen? Sind die denn alle verwandt?«

»Glaub ich nicht. Es sind ganz alltägliche Namen. Hier ist die Liste, die man uns aus Numberg gemailt hat.«

Der Bürgermeister las:

Drei Leute heißen Weber, vier heißen Müller, es gibt zwei Sommer und zwei Schröder. Es gibt viermal den Vornamen Peter, dreimal einen Klaus und dreimal einen Karl. Der Bürgermeister heißt Paul mit Vornamen und sein Stellvertreter Karl Schröder. Keine zwei Gemeinderäte haben die gleichen Vor- und Familiennamen.

»He«, sagte der Bürgermeister, »wollen die uns besuchen oder wollen die mit uns ein Quiz veranstalten?«

Luise nickte. »Ich fand das auch komisch. Ich hab darum gleich bei meiner Kollegin in Numberg angerufen. Die hat aber bloß gelacht und gesagt, dass wir hier in Zifferdingen doch angeblich alle so gern rätseln, aber dass wir diese Nuss garantiert nicht knacken würden.«

Jetzt wurde Bürgermeister Wellberg munter. »Na, denen werden wir mal die Suppe versalzen. Also …«

Frage:

Wie heißen die einzelnen Gemeinderäte und wie heißt der Bürgermeister von Numberg?

Und hier kommt die Lösung:
Bürgermeister Wellberg und seine Sekretärin Luise hatten sich die Liste genau angeschaut. Ein Name war ja vollständig vorhanden, der des Stellvertretenden Bürgermeisters Karl Schröder. Sie schrieben erst einmal auf ein Blatt alle Nachnamen auf: Weber, Müller, Sommer und Schröder. Weil ja keine zwei Gemeinderäte die gleichen Vor- und Familiennamen haben, kann man mit den Vornamen weitermachen. Es gibt viermal den Vornamen Peter. Also gibt es einen Peter Weber, einen Peter Müller, einen Peter Sommer und einen Peter Schröder. Damit bleiben nur noch drei Familiennamen übrig. Denn beide Schröders haben jetzt einen Vornamen (Karl und Peter). Den übrigen drei Namen kann man den Vornamen Klaus voranstellen: Klaus Weber, Klaus Müller und Klaus Sommer. Übrig bleiben noch ein Weber und zwei Müller, die beide also als Vornamen Karl haben müssen. Übrig bleibt ein Müller. Der Vorname des Bürgermeisters war als Paul angegeben. Mit vollem Namen heißt er also Paul Müller!

»Das ist er!« Der Bürgermeister schmiss den Stift hin. »Das haut hin. Luise, besorgen Sie sofort elf Schoko-Weihnachtsmänner und kleben Sie denen die Namensschildchen der Numberger dran!! Schicken Sie das mit Eilpost ab. Und mit dem Wunsch *Frohes Namensfest!*«

»Aber gerne, Bürgermeisterchen!«

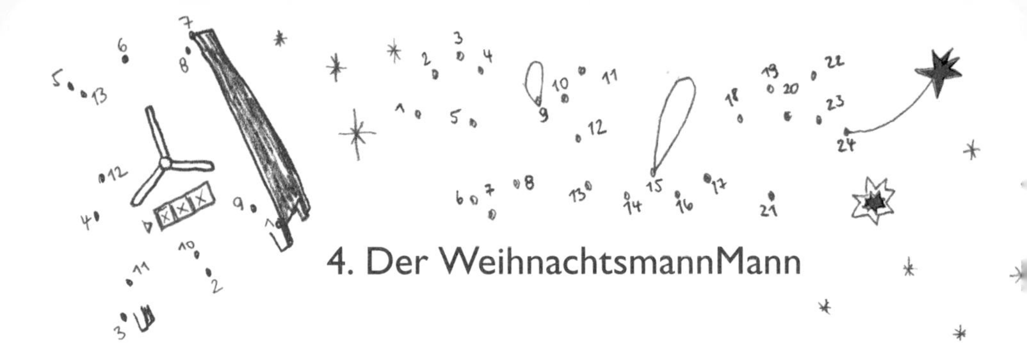

4. Der WeihnachtsmannMann

»Hei, Mama!« Tommi kam in das Büro der Druckerei Mohnei, in dem seine Mutter arbeitete. »Kannst du mir mal 'nen Zehner geben? Der olle Eimer von Deutschlehrer meinte, wir sollen mal was über ganz hohe Berge lesen, Meier oder so ähnlich. Und im Buchladen soll's dazu ein gutes Taschenbuch geben.«

Seine Mutter schaute ihn seufzend an. »Tommi, ich hab dir schon tausendmal gesagt, wenn man was will, sagt man *bitte*.

Und zweitens ist euer Deutschlehrer kein Eimer, sondern dein Onkel. Und die Berge heißen Himalaya und nicht Meier, oder?«

Kaugummi kauend schaute Tommi seine Mutter bewundernd an. »He, Klasse. Stimmt genau?! Exaktisch, das ist es! Ich hab eben 'ne Supermegamama!! Krieg ich jetzt den Zehner?«

Seine Mutter seufzte erneut. »Nur wenn du schön bittest. Sonst nicht!«

Da fasste Tommi seine Mutter an den Schultern und sagte: »Liebste Mama, wärest du so nett und würdest mir freundlicherweise zehn Euro geben? Unser lieber Deutschlehrer, der ja – wie du weißt – mein Onkel, das heißt, dein Bruder ist, gab uns auf, dass wir etwas über besondere Erderhebungen lesen sollen, die auch den Namen Himalaya tragen. Dieserhalb würde es mir sehr von Nutzen sein, die zehn Euro zu erhalten, um damit selbiges schon erwähntes Taschenbuch käuflich zu erwerben.«

Seine Mutter lachte jetzt. »Schau mal an, wie der Herr Sohn plötzlich reden kann.« Sie gab ihm das Geld.

Tommi bedankte sich, und als er kurz aus dem Fenster schaute, hatte er es plötzlich sehr eilig: »Ich mach jetzt den Verschwindibus. Da kommt der MannMann. Nix wie weg. Tschau, Mama!«

»Sag nicht immer *Tschau, Mama*«, rief ihm seine Mutter hinterher.

»Okay! Tschau Mama!«

Seine Mutter seufzte schon wieder. Aber nicht wegen des *Tschau, Mama*, sondern wegen des Mannes, der vor der Druckerei stand. Eigentlich hieß er Schaplinski, wurde aber von allen nur MannMann genannt, weil er fast jeden Satz so begann. Und auch sonst ständig MannMann sagte.

Die Tür ging auf. »Einen wunderschönen guten Tag, Frau Altin! MannMann, ist das ein Wetter heute. Finden Sie nicht auch?«

Tommis Mutter nickte. »Genau. Was kann ich denn für Sie tun?«

Herr Schaplinski setzte sich. »Sie wissen doch, dass der Herr Pfarrer eine Tombola, eine Lotterie durchführen will. MannMann, das wird sicher sehr feierlich, wenn der Weihnachtsmannmann …«, er beugte sich vor, »… unter uns: Das werde ich sein, gnädige Frau. Wenn ich also die Siegerlose ziehen werde. Nun müssen wir aber die Lose alle überprüfen. Ob auch die richtige Anzahl von Gewinnlosen und Nieten dabei ist. MannMann, das wär ja was, wenn wir plötzlich nur Gewinner hätten.« Er lachte meckernd. »Und deswegen wollte ich jetzt die Lose abholen. Sie sind doch fertig, oder?«

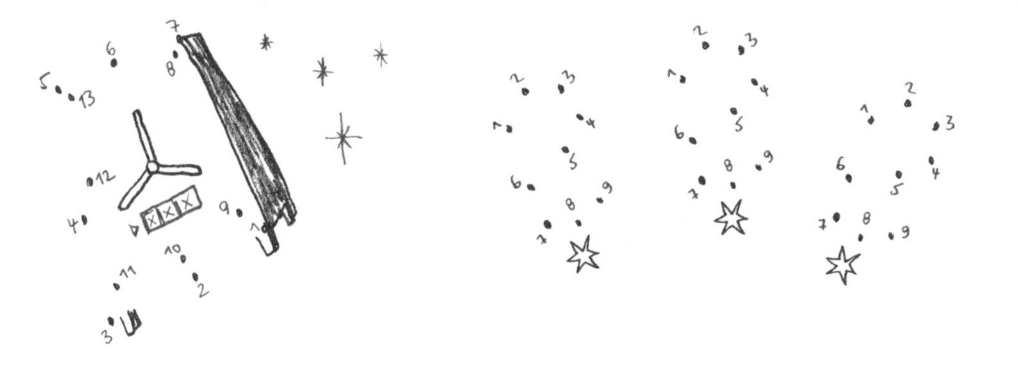

Frau Altin nickte. »Allerdings ist der Chef gerade nicht da. Und die Lose sind im Safe. Und ich weiß die Kombination nicht.«

Herr Schaplinski schnaufte. »MannMann, das ist dumm, MannMann. Ich muss die jetzt zum Pfarrer bringen. Sonst werden wir bis zum 1. Advent nicht fertig. Kann man denn da nix machen?«

Frau Altin überlegte. Sie wusste, wo Herr Mohnei einen Zettel aufbewahrte. Auf dem stand zwar nicht die Kombination für den Safe, aber immerhin, wie man sie sich errechnen konnte. »Einen Augenblick«, meinte sie. Sie holte den Zettel. Darauf stand:

1. *Die Zahl ist größer als 150 und kleiner als 200.*
2. *Die Zahl lässt sich ohne Rest durch zwei teilen, aber nicht durch drei.*
3. *Wenn man die drei Ziffern der Zahl zusammenzählt, also die Quersumme bildet, kommt eine Zahl heraus, die kleiner ist als neun.*
4. *Die Zahl lässt sich ohne Rest durch 19 teilen.*

Frau Altin überlegte kurz, dann schaute sie ihr Gegenüber an. »Kein Problem. Ich hole Ihnen die Lose!«

Herr Schaplinski lächelte. »MannMann, da bin ich aber froh.«

Frage:

Wie lautet die Kombination für den Safe?

Und hier kommt die Lösung:

Frau Altin hatte das Problem ganz einfach gelöst: Sie schrieb erst einmal alle Zahlen auf, die sich durch 19 teilen lassen, also 19, 38 usw. Aber die ersten sieben kamen ja nicht infrage, weil ja nur Zahlen zwischen 150 und 200 wichtig sind. Also 152, 171, 190. Von diesen Zahlen lässt sich nur eine durch 2, nicht aber durch 3 teilen, nämlich die 152. Sie ist auch die einzige, deren Quersumme kleiner als 9 ist, nämlich 8. Also klarer Fall!

Frau Altin gab die Zahl ein – und schon war der Safe offen. ›MannMann, bin ich happy, dass ich das rausgekriegt hab‹, dachte sie. ›Jetzt hat der alte Eimer wenigstens seine Lose.‹

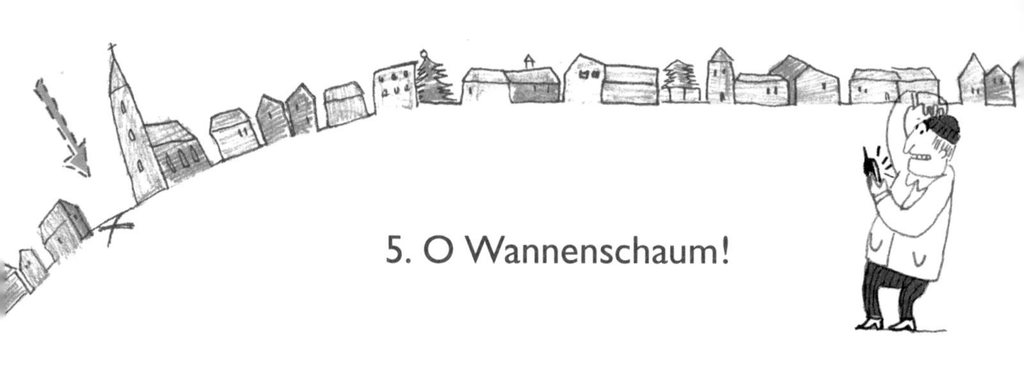

5. O Wannenschaum!

»Ich glaub's nicht!« Herr Otto kratzte sich heftig am Kopf. Er ging zu seinem Telefon und rief im Bürgermeisteramt an. »Hallo? Ach, Sie sind's, Luise. Ist der Bürgermeister da? Wer hier ist? Ach so, Entschuldigung. Hier spricht Viktor Otto. Ich soll doch den Weihnachtsmarkt organisieren. Was?... Ach, Sie wissen schon? Ja, dann ist es ja gut. Ist denn der Bürgermeister da?« Herr Otto nickte und kritzelte schnell eine Telefonnummer auf einen Block, der vor ihm lag. »Und da ist er jetzt erreichbar? Danke!« Herr Otto legte auf. Draußen war es eiskalt, aber jetzt liefen ihm doch ein paar Schweißtropfen über die Stirn. Er seufzte und begann die Nummer des Bürgermeisters zu wählen.

»Hallo? Bist du es, Patrick? Ja, hier ist Viktor. Ich rufe dich an wegen des Weihnachtsmarktes. Ja ... genau. Im Prinzip läuft alles gut. Es gibt aber ein Problem. Wir haben doch wie immer geplant in die Mitte des Marktes einen großen Christbaum zu stellen. Und genau das ist das Problem. Wir haben vergessen ihn zu bestellen oder zu besorgen!... Hallo, bist du noch da?« Herr Otto schaute auf seinen Hörer und schüttelte ihn.

Da begann der auch schon zu quäken. »Was?... Ja, aber... Also ich dachte, du hättest, hattest... also hör mal, so kannst du mit mir nicht red...« Herr Otto hielt den Telefonhörer etwas weg vom Ohr. Das, was der Bürgermeister Wellberg zu ihm sagte, hörte er auch so: »Ja, bist du denn von allen guten Geistern verlassen? In vier Tagen fängt der Weihnachtsmarkt an und

du hast keinen Baum! Soll ich dir mal vorlesen, was ich in unserer Werbung für den Weihnachtstourismus geschrieben habe: *Zifferdingen hat den höchsten Kirchturm des Landes. Jedes Jahr an Weihnachten erhält der Kirchturm mit einem 15 Meter hohen Weihnachtsbaum einen kleinen Bruder!* Hörst du? Genau das hab ich geschrieben. Ohne Baum blamieren wir uns ja bis auf die Knochen! So ein Schludrian! Muss ich denn alles alleine machen?! Du besorgst jetzt sofort einen Christbaum! Und zwar einen besonders schönen und hohen! Ist das klar? Und genauso hoch, wie ich es geschrieben habe!«

Rumms! Herr Wellberg hatte aufgelegt. Herr Otto kratzte sich am Kopf. »So eine Sauerei. Das war vielleicht eine Abfuhr! Na, da gibt's keine Hilfe. Auf geht's, ein Baum muss her, und zwar sofort.«

Keine Stunde später war Viktor Otto in seinem Auto unterwegs in Richtung Gemeindewald. Er hatte schon mit dem Förster, Herrn Kante, ein Treffen ausgemacht. Und der erwartete ihn am Rand vom Zapfenwäldchen, wo der Parcours für die Nordic Walker begann.

Die beiden begrüßten sich und Herr Otto erklärte noch einmal seine missliche Lage. »Das heißt, lieber Herr Kante, ich brauche hier und jetzt, sofortissimo, heute noch, einen wunderschönen Christbaum. Und ich hoffe schwer, dass Sie mir da einen solchen zeigen können.«

Herr Kante, der Förster, war allgemein als großer Schweiger bekannt. Er deutete wortlos mit dem Arm in Richtung Wald und stapfte los. Gelegentlich zeigte er auf einen Baum und sah sein Gegenüber fragend an. Aber jedes Mal hatte Herr Otto an dem Baum etwas auszusetzen. Einmal war er zu klein, einmal zu krumm, einmal fehlte oben eine schöne Spitze und das andere Mal war der Baum einfach zu kümmerlich. Dann endlich, am Rande einer Lichtung, sah Viktor Otto gleich drei prächtige Tannen, die als Weihnachtsbaum für den Markt infrage kämen. Die drei standen relativ nah beieinander, waren aber verschieden groß. Aber jeder für sich war ein Prachtbaum. Herr Otto konnte sich gar nicht entscheiden. »Die sind wirklich alle drei wunderschön. Wissen Sie, wie hoch die sind?«, fragte er den Förster. Der antwortete mürrisch: »Der kleine ist halb so groß wie der größte. Der mittlere ist um so viel größer als der niedrigste, wie der höchste Baum größer ist als der mittlere! Alle zusammen sind 45 Meter hoch.« Das war eine der längsten Reden, die er in der letzten Zeit gehalten hatte.

»Aha!«, sagte Herr Otto, was so viel bedeutete, dass er erst einmal gar nichts kapiert hatte.

Frage:

Wie hoch ist jeder Baum, wenn alle zusammen 45 Meter hoch sind?

Und hier kommt die Lösung:

»Aha!«, sagte Herr Otto ein weiteres Mal. Insgeheim schaute er dem Förster in die Tasche, ob er nicht ein Metermaß bei sich hatte. Aber wie soll man mit einem kleinen Metermaß so hohe Bäume messen? Herr Otto begann also nachzudenken: Der kleinste Baum ist halb so groß wie der größte. Oder anders gesagt: Der höchste ist doppelt so groß wie der kleinste.

»Das ist ja schon mal was«, sagte Herr Otto zu sich. Aber dann: Der mittlere ist um so viel höher als der kleinste, wie der höchste Baum größer ist als der mittlere. Ehrlich gesagt, im Stillen schimpfte Herr Otto ein wenig auf den Förster. Warum kann der mir eigentlich nicht ganz einfach sagen, der kleinste Baum ist so hoch, der mittlere so hoch und der größte so hoch? Er seufzte ein wenig und schaute auf Herrn Kante. Aber der schaute unverwandt auf die drei Tannen.

Herr Otto dachte weiter: ›Das kann doch eigentlich nur bedeuten, dass der mittlere Baum genau in der Höhe zwischen dem kleinsten und dem größten liegt. Und insgesamt sind sie 45 Meter hoch. Ich versuch es mal damit: der kleine ist 10 Meter, der höchste 20 Meter und der mittlere 15 Meter hoch. Das macht zusammen 45 Meter. Wer sagt's denn, das passt genau!‹

»Ich nehme den mittleren, den 15-Meter-Baum«, sagte Herr Otto zum Förster.

Der nickte nur, griff zu seinem Handy und rief seine Arbeiter an. »Herkommen, Zapfenwäldchen, Lichtung, Säge, Lastwagen, zack, zack.«

Kurze Zeit später hielt ein Lastwagen vor den beiden. Die Arbeiter stiegen aus, schmissen die Säge an, verluden den Baum und fuhren gen Zifferdingen. Und schon am Abend stand mitten auf dem Marktplatz die wunderschöne genau 15 Meter hohe Tanne, die erst noch geschmückt werden musste. Aber bis zum ersten Advent waren ja noch ein paar Tage Zeit. Herr Otto bedankte sich beim Förster und bei den Arbeitern. Er griff sofort zu seinem Handy, um den Bürgermeister anzurufen.

»Hallo, Patrick«, sagte er, »der Baum steht.«

»Welcher Schaum?«, wollte der Bürgermeister wissen.

»Nicht Schaum, Baum. Die Tanne!«, verbesserte ihn Herr Otto.

»Wanne? Ich hör immer Wanne. Lieber Viktor, ich hatte gesagt, du sollst dich um den Baum kümmern und nicht in der Wanne im Schaum liegen.« Der Bürgermeister hatte aufgelegt.

In diesem Moment hörte man von irgendwoher einen Kinderchor singen. Und Herr Otto sang mit: »O Wannenschaum, o Wannenschaum, wie grün sind deine Meter!«

6 Kling, Kügelchen, kling

»Ich will ein Eis!« – »Ich will zu den Videos!« – »Ich muss aufs Klo!«

Alle drei Kinder riefen durcheinander. Frau Sommerfeld verdrehte die Augen. »Jetzt gebt mal Ruhe. Wie soll ich denn Weihnachtseinkäufe machen, wenn ihr rumbrüllt wie die Affen?« Sie zeigte Natascha den Weg zur Kundentoilette. »Geh nur, ich warte hier auf dich.« Sie drehte sich zu den anderen um. »Und du, Meike, kannst zu den Videos gehen. Und du, Sonja, holst dir im ersten Stock ein Eis. Halt ...«, rief sie noch, als die beiden schon wegrennen wollten. »Halt! In genau einer Viertelstunde treffen wir uns im vierten Stock bei den Christbaumkugeln. Ist das klar?«

Die beiden nickten und weg waren sie. Als sie alleine war, schnaufte Frau Sommerfeld erst einmal durch. Weihnachten war wie so oft einfach Stress. Die ganzen Geschenk-Vorbereitungen, das Einkaufen der Essensvorräte und jetzt hatten sie auch noch festgestellt, dass die gesamten Christbaumkugeln zerbrochen waren.

Also war sie mit ihren Kindern im Kaufhaus SOLDI unterwegs, um einzukaufen. Hauptsächlich neue Christbaumkugeln natürlich. Als Natascha zurückkam, nahm sie die Tochter bei der Hand und machte sich mit ihr auf den Weg in den vierten Stock. Es war viel los. Die Kunden drängten sich in den Gängen, um sie herum klingelten Weihnachtsglöckchen, aus den Lautsprechern säuselte »Stille Nacht, Heilige Nacht« und alle Verkäufer und Verkäuferinnen trugen rote Weihnachtsmannmützen mit blinkenden Sternen.

Als Mutter und Tochter gerade im vierten Stock angekommen waren, überholten sie Meike und Sonja auf der Rolltreppe.

Sonja entdeckte den Stand mit den Christbaumkugeln als Erste und schrie: »Schaut mal, die sind süß! Die nehmen wir.« Und sie zeigte den anderen die knallroten Kugeln.

»Nein, die hier«, rief Meike und zeigte auf Kugeln, auf die kleine Elche gemalt waren. »Die sind viel schöner!«

»Ich will aber die hier«, sagte Natascha und nahm aus einer Schachtel eine glasklare, durchsichtige Kugel heraus.

Frau Sommerfeld stöhnte. »Passt bloß auf, dass nichts kaputtgeht. Also wir machen das so.« Sie tippte sich nachdenklich mit dem Finger an die Nasenspitze und sagte dann: »Insgesamt brauchen wir 24 Kugeln. Mehr gehen nicht auf den Baum. Sonja hat die Kugeln entdeckt, sie darf doppelt so viele wie Meike aussuchen und Natascha als Jüngste dreimal so viele wie Meike. Dafür darf Meike als Erste aussuchen!«

»Ich will mehr!«–»Ich auch!«–»Ich sowieso!«

»Abwarten. Ihr wisst doch noch gar nicht, wie viele ihr bekommt. Denkt mal nach und dann nehmt sie euch. Einen Tipp gebe ich euch: Meike bekommt für jedes Stockwerk eine Kugel!«

Frage:

Wie viele Kugeln darf Sonja, wie viele Natascha und wie viele Meike aussuchen?

Und hier kommt die Lösung:

»Die Lösung ist ganz einfach«, grinste Sonja. »Ich nehme 24 und ihr gar keine!«

Ihre Schwestern protestierten: »Mama! Das ist unfair!«

Ihre Mutter lachte. »Natürlich. Sonja, das gilt nicht. Also, wer nimmt wie viele?«

Meike dachte kurz nach. »Ich glaube, ich nehme vier. Weil Mama gesagt hat, für jedes Stockwerk eine Kugel. Und wir sind im vierten Stock hier.«

»Dann nehme ich acht«, sagte Sonja.

»Auf fein«, meinte Natascha, »dann kann ich mir zwölf aussuchen!«

»Richtig«, sagte Frau Sommerfeld. »Macht zusammen 24.«

Singend suchte sich Natascha ihre 12 glasklaren, durchsichtigen Kugeln aus. »Kling, Kügelchen, klingelingeling, kling, Kügelchen, kling!«

KLIRR …

»Oh!«

7. Herr Herbst braucht eine Idee

»Eine Idee! Wir brauchen eine Idee!« Walter Herbst stand auf und umrundete den Tisch, an dem seine Kollegen saßen. »Wir brauchen eine Idee, sonst können wir unser Blatt zumachen! Und ganz speziell brauchen wir eine neue Idee für die Weihnachts-Wochenendausgabe!«

Das Blatt, von dem er sprach, war das *Zifferdinger Tagblatt.* Und Walter Herbst war Chefredakteur und der Verantwortliche für die Wochenendausgabe gleichzeitig. Und am Wochenende brachte er immer eine Seite mit Witzen und Rätseln. Die Rätsel bestanden hauptsächlich aus Kreuzworträtseln. Aber die Leser hatten geschrieben, dass sie endlich mal etwas anderes, Neues haben wollten.

»Etwas Neues! Woher soll ich mir denn was Neues nehmen? Aus den Fingern saugen?« Walter Herbst raufte sich die Haare, von denen er nicht mehr viele hatte.

»Kein Wunder!«, spotteten seine Kollegen. »Schließlich fallen ja auch im Herbst die Blätter!« Aber das sagten sie nur hinter seinem Rücken, denn Walter Herbst war etwas eitel.

Endlich meldete sich Carlo Trenta, der seit kurzem ein Praktikum beim Tagblatt machte. »Wie wäre es denn mit Sudoku?«, fragte er.

»Su was?«, wollte sein Chef wissen.

»Sudoku«, wiederholte Carlo. »Das kommt aus Japan und ist ein Rechenspiel.«

»Rechenspiel«, wiederholte Walter Herbst, »o Gott. Das klingt ja schrecklich!«

Carlo zog aus einem Stapel Papier ein Blatt hervor und gab es Walter Herbst. »Das ist überhaupt nicht schrecklich. Hier, sehen Sie. Versuchen Sie es einfach mal. Das hier ist ein einfaches Beispiel. Es gibt auch schwierigere.«

Walter Herbst nahm das Blatt und sah dieses:

7	3	1				4		8
			9		7		5	2
9	2		1		4			
		4		1	5			
3				2		6		5
		7	4	9		2		
					1		7	9
1			3					
6		3				8		4

»Aha«, meinte Walter Herbst etwas ratlos. »Und was mach ich damit?«

»Ganz einfach«, erklärte Carlo. »Es geht um die Zahlen von 1 bis 9. In jeder Zeile – also von links nach rechts oder rechts nach

links – müssen die Zahlen von 1 bis 9 stehen. Ebenso in jeder Spalte – von oben nach unten –, das sind immer neun Felder. Und zusätzlich müssen die Zahlen von 1 bis 9 in jedem der dick umrandeten 3 x 3-Felder stehen, von denen es, wie Sie sehen, insgesamt neun Stück gibt. Natürlich darf jede Zahl in jeder Zeile und in jedem 3 x 3-Feld nur einmal vorkommen.«

»Und so ein Kudosu funktioniert?« Walter Herbst schaute – wie die anderen Kollegen auch – etwas ungläubig auf den Praktikanten.

»Sudoku heißt das. Na klar geht das«, versicherte Carlo. »Sie müssen immer schauen, ob es die gesuchte Zahl schon in der waagrechten oder senkrechten Spalte gibt. Oder sogar in dem 3 x 3-Quadrat. Schauen Sie hier.« Er zeigte auf das 3 x 3-Quadrat rechts oben. »Da können Sie gleich eine 9 in das mittlere Feld der obersten Zeile schreiben.«

»Wieso das?«, wollte Walter Herbst wissen.

»Weil in der zweiten Zeile von oben und in der dritten schon eine 9 steht. Also fehlt noch eine in der obersten Zeile. Da in dem linken und in dem mittleren 3 x 3-Feld schon eine 9 steht, dann muss die dritte im rechten oberen 3 x 3-Feld stehen und da ist in der obersten Zeile nur in der Mitte zwischen der 4 und der 8 noch Platz. » Und er schrieb die 9 dorthin. »Versuchen Sie jetzt mal herauszufinden, wo in dem 3 x 3-Feld rechts oben die 1 hinkommt«, sagte er zu Herrn Herbst.

Der schaute sich alles an. »In der obersten Zeile ist im linken Quadrat schon eine 1, dann in der untersten Zeile des mittleren Quadrats. Aber in der zweiten Zeile von oben fehlt noch eine 1. Und da ist nur ein Feld frei, denn sie darf ja nicht in einem der beiden linken 3 x 3-Felder stehen. Also kommt sie genau dahin, links neben die 5. Stimmt's oder hab ich Recht?«

»Erstens stimmt's und zweitens haben Sie Recht«, bestätigte Carlo.

Herr Herbst war jetzt nicht mehr zu bremsen. Und so hatte er nach einer Weile alles richtig ausgefüllt. Allerdings mit großer Hilfe von Carlo.

»Super«, sagte er und machte ein paar Schritte um den Tisch herum. Er kratzte sich am Kopf, hinter den Ohren, an der Nase, am Bauch und schließlich noch hinter dem Ohr. Carlo wollte etwas sagen, aber die anderen winkten ab.

»Pscht«, flüsterten sie. »Wenn er nachdenkt, darf man ihn nicht stören. Sonst wird er fuchsteufelswild.«

Plötzlich blieb Walter Herbst stehen. »Das ist es. Das machen wir. Ein Dosuko.«

»Sudoku«, verbesserte ihn Carlo.

»Ja, ja. Soduko.«

»Sudoku«, verbesserte Carlo erneut.

»Von mir aus. Ein Nikolaus ...«

»... Sudoku«, ergänzte Carlo.

»Sag ich ja. Dokusu. Das gab's noch nie! Das wird das erste Original Nikolaus-Sukodu. Das müssen wir groß aufmachen!«

»Sudoku«, sagte Carlo geduldig und fragte gleich nach: »Ein Nikolaus-Sudoku kenne ich aber gar nicht. Was ist denn das?«

»Das können Sie auch gar nicht kennen. Das hab ich nämlich gerade erfunden. Das ist mal wieder eine meiner Super-Herbst-Ideen!« Er tippte mit den Fingern auf Carlo. »Was man mit Zahlen machen kann, geht auch mit Buchstaben. Mit dem Wort Nikolaus. In jede Zeile längs und quer und in jedem 3 x 3-Feld müssen die Buchstaben des Wortes *Nikolaus* stehen. Natürlich nicht in der richtigen Reihenfolge. Und jeder Buchstabe darf nur einmal vorkommen. Logisch! Das wird ein Original Zifferdinger-Tagblatt-Kusudo!«

»Sudoku«, sagte Carlo. »Aber das Wort Nikolaus hat ja nur acht Buchstaben. Ein Sudoku braucht aber neun!«

Herr Herbst tippte seinem Praktikanten an die Stirn. »Nachdenken, mein junger Freund. Nehmen Sie einfach die Mehrzahl. Und die lautet: NIKOLAUSE!«

»Okay! Aber wie ... was ... wo soll ich das Sudoku denn hernehmen?«

Herr Herbst schaute seinen Praktikanten an. »Hernehmen? Das werden Sie selbst herstellen! Und zwar schnell, denn wir brauchen es für die nächste Wochenend-Ausgabe. Also dalli dalli, Carlo! Das wird ein Knüller!«

Und so machte sich Carlo Trenta an die Arbeit. An diesem Wochenende staunten viele Leser des Tageblatts nicht schlecht, als sie die Rätselseite aufschlugen.

	A			U	O	S	K	N
K	U			N			I	L
O					K			
U		A			E	I	L	
				L			S	
E		O	I	S		A		
		L		O	N	K		I
A	K	N	S					U
I				A	L		E	

Frage:
Wie lautet die Lösung und in welcher Zeile ist das Lösungswort NIKOLAUSE komplett zu lesen?

Und hier kommt die Lösung:

Nicht nur die Leser des Tageblatts versuchten sich an dem Rätsel. Auch der Herr Herbst raufte sich daheim in seinem Wohnzimmer seine wenigen Haare, weil er das Nikolaus-Sudoku unbedingt lösen wollte. Und der schweigsame Förster Kante verbrachte das gesamte Wochenende in seinem Lehnstuhl mit dem Rätsel. Das einzige Wort, das er während der ganzen Zeit aussprach, lautete: *Nikolause*!

Schließlich blickte er zufrieden auf die Lösung:

L	A	I	E	U	O	S	K	N
K	U	E	A	N	S	O	I	L
O	N	S	L	I	K	E	U	A
U	S	A	N	K	E	I	L	O
N	I	K	O	L	A	U	S	E
E	L	O	I	S	U	A	N	K
S	E	L	U	O	N	K	A	I
A	K	N	S	E	I	L	O	U
I	O	U	K	A	L	N	E	S

Bestimmt hätte er auch Carlos Zahlen-Sudoku gelöst:

7	3	1	2	5	6	4	9	8
8	4	6	9	3	7	1	5	2
9	2	5	1	8	4	7	6	3
2	8	4	6	1	5	9	3	7
3	1	9	7	2	8	6	4	5
5	6	7	4	9	3	2	8	1
4	5	2	8	6	1	3	7	9
1	7	8	3	4	9	5	2	6
6	9	3	5	7	2	8	1	4

»Na«, verkündete Walter Herbst, als er ein paar Tage später die Leserbriefe durchblätterte, »das war echt ein Knaller, dieses Sudoku!«

»Kudosu«, sagte Carlo Trenta.

8. Frohe Weihn8!

»Simon! Post für dich!« Frau Heim schaute die anderen Briefe durch. »Simon! Ich hab gesagt, da ist ein Brief für dich! Von Oma! … Hier.« Sie gab den Brief ihrem Sohn, der etwas missmutig draufschaute.

»Von Oma? Da muss ich dann wohl wieder antworten.«

Seine Mutter tippte ihn an die Stirn. »Kluger Kopf. Und zwar so schnell wie möglich. Damit Oma deinen Brief noch vor Weihnachten erhält. Verstanden?«

Simon brummte nur.

»Nix da«, meinte seine Mutter, »ich möchte kein Gebrumm hören, sondern morgen ist dein Brief im Briefkasten. Verstanden und kapiert?«

»Verstanden und kapiert, Frau General«, sagte Simon und zog mit dem Brief ab in sein Zimmer. Er schmiss sich aufs Bett, öffnete den Umschlag und staunte nicht schlecht über den seltsamen Brief, den seine Oma ihm geschrieben hatte.

Hallo, lieber Simon! Ich grüße dich und wünsche frohe Weihnacht. Danke für deinen letzten Brief, du hast ja von meinem Sahneunfall gehört. Aber nachdem ich die Sahne aufgewischt hatte, sah alles aus wie vorher. Das andere Unglück war der Verlust meines kostbaren Ringes, den ich in einem meiner Blumenkästen verlor. Ich musste die ganze Erde durchsieben. Aber ich hatte keine Zweifel, dass ich ihn wiederbekam. Und jetzt trage ich ihn immer, sogar beim Kla-

vierspielen. Beim Suchen hatte mir mein Nachbar geholfen, der den lustigen Namen Fünferl trägt und mit dem ich demnächst eine Rundreise machen werde. Das wird eine Freude sein, da bin ich dann nicht so einsam. Er kommt jetzt oft zu mir. Wenn nicht, habe ich ja abends seit neuestem das Kabelfernsehen. Schönes Fest, ich grüße euch, eure Sara-Oma

PS. Beinahe hätte ich es vergessen. Natürlich habe ich auch ein Geschenk für dich. Da ich nicht genau weiß, was dir gefällt, werde ich dir Geld schicken. Die genaue Summe kannst du ja im Brief vor dem PS sehen, wenn du alles zusammenzählst.

»Was? Wie? Wo? Hä?« Simon setzte sich auf. »Was soll jetzt das?« Noch einmal schaute er auf den Brief. »Mamaaa!«, schrie er dann. »Mamaaaa!«

Seine Mutter stürzte ins Zimmer. »Um Gottes willen, was ist denn?«

»Na, das hier!« Simon hielt ihr den Brief entgegen.

Seine Mutter begann zu lesen. »Und deswegen schreist du wie eine Kreissäge? Ist doch nix passiert.«

Simon stand auf und tippte auf den Brief. »*Das* ist passiert: Oma schenkt mir was und ich hab keine Ahnung, was!«

»Du meinst, wie viel«, grinste seine Mutter.

»Genau, wie viel.«

Seine Mutter gab ihm den Brief zurück. »Ist doch ganz einfach.

Du musst den Brief genau durchlesen. Dann findest du die Zahlen schon, die du zusammenzählen musst.«

Simon setzte sich wieder aufs Bett und schaute verzweifelt in den Brief. »Aber da stehen doch gar keine Zahlen. Wo sollen die denn sein?«

Seine Mutter verließ sein Zimmer und sagte nur noch in der Tür: »Ich hab dir doch gesagt, du musst den Brief ganz genau durchlesen. Ganz genau! Dann wirst du sie schon darin finden.«

Frage:

Wie lauten die Zahlen, die in dem Brief versteckt sind? Wie viel erhält Simon von seiner Oma?

Und hier kommt die Lösung:

»Mamaaaa! Mamaaa!«

Simons Mutter stürzte erneut ins Zimmer. »Was ist denn jetzt schon wieder los?«

Simon schwenkte ihr den Brief entgegen. »Ich hab's! Ich hab's rausgefunden. Oma schickt mir 50 Euro. Ist doch super, oder?«

Seine Mutter nickte. »Aber deswegen brauchst du ja nicht so zu schreien. Zeig mal her.«

»Da, schau«, sagte Simon ganz aufgeregt und gab ihr den Brief, »ich hab die Zahlen alle unterstrichen, die ich gefunden habe.«

Hallo, lieber Simon! Ich grüße dich und wünsche frohe Weihnacht. Danke für deinen letzten Brief, du hast ja von meinem Sahneunfall gehört. Aber nachdem ich die Sahne aufgewischt hatte, sah alles aus wie vorher. Das andere Unglück war der Verlust meines kostbaren Ringes, den ich in einem meiner Blumenkästen verlor. Ich musste die ganze Erde durchsieben. Aber ich hatte keine Zweifel, dass ich ihn wiederbekam. Und jetzt trage ich ihn immer, sogar beim Klavierspielen. Beim Suchen hatte mir mein Nachbar geholfen, der den lustigen Namen Fünferl trägt und mit dem ich demnächst eine Rundreise machen werde. Das wird eine Freude sein, da bin ich dann nicht so einsam. Er kommt jetzt oft zu mir. Wenn nicht, habe ich ja abends seit Neuestem das Kabelfernsehen.
Schönes Fest, ich grüße euch, eure Sara-Oma

»Du bist ja noch schlauer, als ich dachte«, meinte Simons Mutter. »Ich hatte nur die Acht in Weihnacht entdeckt.«

Simon nahm den Brief wieder entgegen. »War gar nicht so einfach. Die Elf in Kabelfernsehen hatte ich zuerst nicht gesehen. Dann kam aber als Summe 39 Euro raus. Und da dachte ich, nee, Oma wird mir doch nicht so eine komische Summe schicken. Und dann hab ich die Elf entdeckt.«

»Na prima. Dann kannst du dich jetzt gleich hinsetzen und ihr ein Dankeschön schreiben. Oder?«

»Klaro«, sagte Simon, »wird sofort gem8!«

Lottas leckere Lebkuchen

»Herr Wachtmeister, Herr Wachtmeister, schnell, Sie müssen was tun! Meine Lotta ist weg!« Frau Heineke kam ins Polizeirevier gestürzt und redete aufgeregt auf den Wachhabenden ein. »Schnell! Sie müssen sie suchen. Seit einer Stunde ist sie weg. Sie hätte längst wieder zu Hause sein müssen.«

Hauptkommissar Prinz ließ sich so schnell nicht aus der Ruhe bringen. »Nun setzen Sie sich mal hin, liebe Frau, dann erzählen Sie mir in Ruhe, was passiert ist.«

»Aber Sie müssen ...«

»Ja, sofort. Setzen Sie sich hin. Also wer ist weg und seit wann?«

Frau Heineke berichtete, dass sie ihre neunjährige Tochter Lotta vor einer Weile zum Bäcker geschickt habe, um die dort bestellten Lebkuchen abzuholen. Sie habe gerade bei der Bäckerei nachgefragt: Lotta sei da gewesen und habe auch die Lebkuchen abgeholt.

»Aber das ist eine Stunde her. Bitte, tun Sie was!« Frau Heineke weinte fast. »Lotta! Ich will meine Lotta zurückhaben!«

Herr Prinz legte beruhigend seine Hand auf ihre Schulter. »Nun machen Sie sich mal keine Sorgen, Frau Heineke, das wird sich alles aufklären. Sie werden Ihre Lotta bald wiederhaben. Da bin ich mir ganz sicher. Was hatte Lotta denn an?«

»Sie trug Jeans und eine dunkelblaue, wattierte Jacke.«

Der Hauptkommissar alarmierte die einzelnen Streifenwagen über Polizeifunk und gab ihnen die Beschreibung von Lotta durch. Dann wandte er sich erneut an Frau Heineke: »Die werden Ihre Lotta bestimmt bald finden und hierher bringen. Und ich werde Ihnen jetzt erst mal einen Tee machen. Der tut immer gut.«

Noch ehe der Tee fertig war, ging die Tür auf, zwei Polizisten kamen herein und hinter ihnen … Lotta.

»Mama!«, schrie sie und lief auf ihre Mutter zu.

»Lotta! Da bist du ja.« Beide umarmten sich.

Die Polizisten meldeten: »Wir haben sie in der Seitenstraße vom Marktplatz gefunden. Sie saß auf einer Bank und weinte heftig.« Sie wandten sich an Lotta und ihre Mutter: »Na, alles wieder in Ordnung?«

Frau Heineke nickte mit Tränen in den Augen.

»Also, Lotta«, meinte Herr Prinz, »willst du uns erzählen, was los war?«

Lotta schaute auf ihre Mutter und begann. »Ich bin zur Frau Ehrich in die Bäckerei gegangen. Da hab ich die Lebkuchen abgeholt. Dann bin ich … dann wollte ich nach Hause gehen, hab aber Anna und Reni getroffen. Die wollten von mir die Hälfte von meinen Lebkuchen und noch einen dazu. Die hab ich denen gegeben, weil sie mir doch beim Schneeschaufeln geholfen haben. Dann hab ich die Mona getroffen. Die wollte auch die Hälfte von meinen Lebkuchen und noch einen extra. Hab ich ihr gegeben.«

Sie schaute wieder ihre Mutter an. »Weil die Mona mir beim Rechnen geholfen hat. Ja, und dann kam der Leo...«

»Das ist ihr großer Bruder«, erklärte Frau Heineke den Polizisten.

»...der nahm mir einfach die Hälfte und noch einen dazu weg. Und jetzt...«, Lotta begann zu weinen, »hab ich nur noch einen Lebkuchen.«

Ihre Mutter nahm sie tröstend in die Arme. »Ach Lottakind, das macht doch nichts. Wir holen einfach neue Lebkuchen. Und diesmal gehe ich gleich mit.«

Lotta schniefte.

Der Hauptkommissar und die Polizisten sahen sich an. »Na, da hast du ja eine Riesenmenge Lebkuchen tragen müssen«, meinte Herr Prinz bewundernd.

»Ach«, meinte Lotta, die jetzt schon wieder ein bisschen lächeln konnte, »so viele waren es auch wieder nicht.«

Frage:
Wie viele Lebkuchen hatte Lotta gekauft?

Und hier kommt die Lösung:

Frau Heineke lächelte den Hauptkommissar an. »Haben Sie das Rechnen verlernt?«

Herr Prinz druckste etwas rum. »Na ja, beim Rechnen, da wird's schwierig bei mir.« Verlegen schaute er zu den beiden Streifenpolizisten, die sich heimlich anstießen. »Da braucht ihr gar nicht so zu feixen«, meinte Herr Prinz. »Wisst ihr denn, wie viele Lebkuchen Lotta gekauft hat?«

Die beiden Streifenpolizisten hatten es plötzlich sehr eilig. »Äh, also, wir müssen wieder in den Dienst. Hier ist ja alles klar. Wiedersehen!«

Herr Prinz seufzte. Frau Heineke lächelte ihn an. »Am besten fängt man von hinten an. Am Ende hat Lotta noch einen Lebkuchen gehabt. Das ist ein Lebkuchen weniger als die Hälfte, die der Leo wollte. Also eins plus eins mal zwei. Das macht vier Lebkuchen. Bei der Mona tun wir noch einen dazu, das sind fünf, mal zwei, macht zehn Lebkuchen. Und bei Anna und Reni dasselbe, zehn plus eins ist elf mal zwei sind 22. Und genau 22 Lebkuchen hatte ich bei der Bäckerei, bei Frau Ehrich bestellt. Stimmt's Lotta?« Während ihre Tochter nickte, redete Frau Heineke schon weiter: »Morgen kaufen wir wieder 22 Lebkuchen.«

»Aber dann haben Sie ja 23!«

»Nein«, sagte Frau Heineke, »22. Denn der hier ist für Sie!«

Und sie gab Herrn Prinz Lottas letzten Lebkuchen.

Ein Kind mit Namen 545

Für Dezember war es eigentlich ein recht warmer Tag. Der Schnee war geschmolzen, die Sonne schien. Auf der Mauer vor dem Bauernhof seines Vaters saß Caspar mit seinem Freund Edmund, während die Eltern der beiden drinnen beim Adventskaffee saßen. Edmund wohnte noch nicht lange in Zifferdingen. Er hatte Caspar kennen gelernt, als Edmund Emily, die entlaufene Katze von Caspar, gefunden hatte. Sie hatten sich gleich angefreundet, auch wenn Edmund, als Caspar seinen Namen genannt hatte, gleich gelästert hatte: »Na, und deine Brüder heißen wohl Melchior und Balthasar?« Dabei wusste Edmund nur zu gut, wie es war, wegen seines Vornamens ausgelacht zu werden: »Edmund! Das Nilpferd im Zoo heißt so«, spotteten die Kinder in der Schule. Zum Glück gab es aber in der Schule noch viele andere ungewöhnliche Namen: Ibrahim, Orkan, Halil oder Kofi. Und seltsamerweise hatten die Namens-Hänseleien bei Edmund und Caspar das Gleiche bewirkt: Immer wenn irgendwo eigentümliche Namen auftauchten, notierten sie diese in einem Sammelheft.

»Ich hab von einem Zahnarzt Dr. Doppelhammer gelesen«, erzählte Caspar. Beide lachten.

»Und der Hautarzt von meiner Mutter heißt Dr. Gratza«, sagte Edmund.

Von einem Zettel lasen sie sich noch andere seltsame Namen vor, die sie in Zeitungen oder Illustrierten gefunden hatten: Herr

Popel-Gärtner, Frau Schlager-Dotterweich, Herr Wurm-Schleimer. Im Sportteil der Zeitung hatten sie von Xaver Unsinn gelesen, einem ehemaligen Eishockeyspieler. Eine chinesische Tischtennisspielerin hieß Miao Miao. Und Fußballer mit komischen Namen gab es auch genug: Philipp Lahm, Holger Ballwanz, Yves Eigenrauch oder Markus Hasenpfusch.

»Ob die auch alle in der Schule wegen ihrer Namen gehänselt wurden?«, fragte Caspar.

»Klaro«, meinte Edmund und fuhr dann fort: »Hier hab ich meine Sammlung von Weihnachtsnamen. Pass auf: Otto Weihnacht, ein Maler, dann gibt es eine Familie Tannenbaum. Neulich hatte mein Vater einen Brief von einer Frau Keks erhalten.«

»Und hier im Ort wohnen eine Frau Geschänk und ein Herr Nikolaus. Und einer unserer Lehrer heißt Heiland. Übrigens kenne ich jemand, der heißt ganz einfach Bid!«

»Wie?«

»Bid.«

»Was soll denn das heißen?«, fragte Caspar.

»Keine Ahnung«, antwortete Edmund. »Der heißt einfach so. Bid. B-I-D. Also mit Vornamen. Er und seine Frau kommen aus dem fernen Osten.«

»Und die Frau? Hat die auch so einen komischen Namen?«

»Nö, eigentlich nicht«, meinte Edmund. »Die heißt Bea. Ist ja eher normal, oder?«

Caspar nickte. »Bid und Bea. Bea und Bid. Klingt ja schon lustig.«

Edmund musste grinsen. »Aber das Komischste kommt noch. Die haben nämlich ein Kind. Und dessen Namen haben sie ausgerechnet.«

»Wie, ausgerechnet?«

»Na, eben ausgerechnet. Genauer gesagt zusammengezählt.«

»Versteh ich nicht«, meinte Caspar.

»Na, da musst du schon selber draufkommen. Ich geb dir nur einen Tipp: B ist 2. Mehr wird nicht verraten.«

Und mit einem Stock kratzte er in die Erde:

BID
<u>+ BEA</u>

Frage:

Wie heißt das Kind von Bid und Bea?

Und hier kommt die Lösung:

»Na, das ist auch eine Art, einen Namen für sein Kind zu finden«, meinte Caspar, nachdem er errechnet hatte, wie das Kind von Bid und Bea hieß. Edmund grinste breit. »Immer noch besser, als in einem Namensbuch zu suchen und dann mit dem Finger bei geschlossenen Augen auf irgendeinen komischen Namen zu tippen. Caspar zum Beispiel!«

Beide lachten.

»Ja«, gab Caspar zu, »da ist die Rechenmethode nicht die schlechteste. Zuerst hab ich gar nichts kapiert. Aber nachdem du gesagt hast, dass B = 2 ist, hab ich es mal mit dem Nummerieren des Alphabets versucht. A = 1, B = 2, C = … Bid ergibt so 294 und Bea 251. Rechnet man beides zusammen, kommt 545 raus. Und das heißt Ede«, sagte er triumphierend. »Stimmt's?«

»Genau«, meinte Edmund. »Und weißt du, wer *das* ist?«

»Nein. Wer denn?«

»Na, 938!«

11. Dominosteine gegen den Durst

Im Zimmer 19 des Zifferdinger Amtsgerichtes befanden sich nur wenige Leute. Genauer gesagt waren es nur Dieter Scharfberg, der Richter, eine Gerichtsangestellte, die alles mitschrieb, Nils Neufeld, der Staatsanwalt, und natürlich die Angeklagten. Drei waren es.

»Sie heißen Oliver, Werner und Heinrich Hauff, sind 35, 36 und 37 Jahre alt und alle drei Schreiner von Beruf. Stimmt das?«, fragte der Richter.

Die Angeklagten nickten.

»Sie müssen Ja oder Nein sagen, damit wir das mitschreiben können«, sagte der Richter.

»Ja, das stimmt alles«, antwortete einer der Angeklagten.

»Und es ist richtig, dass Sie keinen Verteidiger wollen?«

»Ja, Herr Richter.«

»Dann kommen wir zur Sache. Herr Staatsanwalt, bitte.«

Der Staatsanwalt erhob sich und begann zu reden: »Es war am 3. Dezember, als die Brüder Hauff abends um 22:00 Uhr in den Lagerraum der Firma Riesen einbrachen. Sie durchsuchten die Lagerregale und stießen dabei auf die ersten Probepackungen der extra großen Dominosteine, die die Firma in diesem Weihnachtsgeschäft unter dem Werbespruch *Auch Riesen essen am liebsten Riesen-Dominosteine* vermarkten wollte. Die Angeklagten aßen jedoch fast alle neuartigen Dominosteine auf! Am folgenden Morgen entdeckten Angestellte der Firma den Einbruch und benach-

richtigten die Polizei. Hauptkommissar Prinz war kurz darauf zur Stelle und stellte einen unter dem Tisch liegenden Personalausweis mit dem Namen Oliver Hauff sicher. So konnten die Täter ohne Probleme festgestellt werden.«

Der Richter schaute auf die drei Angeklagten. »Es handelt sich um diese Art von Dominosteinen hier. Richtig?« Er deutete auf eine große Schachtel, die vor ihm stand.

Der Staatsanwalt nickte.

»Na, das ist ja eine schöne Bescherung«, meinte der Richter.

»Wieso?«, meldete sich da Heinrich Hauff. »Meinen Sie, die Firma Riesen schenkt uns nachträglich die Dominosteine?«

Der Richter schüttelte den Kopf. »Natürlich nicht, mein Lieber. Aber sagen Sie mal, warum sind Sie denn da eingestiegen? Hatten Sie etwa Hunger?«

»Also, das war so, Herr Richter«, mischte sich Werner Hauff ein. »Ich wollte ja gar nicht. Ich hatte eigentlich Durst. Wie wir alle. Wir wollten in den *Grünen Baum*. Aber …«

»… als wir da ankamen«, fuhr Oliver Hauff fort, »da stand eine Blaskapelle davor und spielte lauter Weihnachtslieder. *Stille Nacht, heilige Nacht …*«

»… oder *O Tannenbaum*«, ergänzte Heinrich Hauff. Und er begann zu singen: *»O Tannenbaum, o Tannenbaum, wie grün sind deine Blätter. Du grinst nicht nur …«*

Der Richter unterbrach ihn. »Nun ist aber Schluss. Wir sind

hier doch nicht beim Gesangsverein. Und außerdem heißt das *du grünst* und nicht *du grinst.*« Wieder schüttelte er den Kopf. »Weiter. Sie hatten also Durst, wollten etwas trinken gehen und hörten dann die Weihnachtslieder.«

»Genau«, bestätigte Werner Hauff. »Und als wir die Lieder so hörten, da kamen uns allen die Tränen.«

»Die Tränen?«, staunte der Staatsanwalt. »Wieso mussten Sie denn weinen?«

»Weil wir alle an unsere liebe Mami dachten! Die hat uns an Weihnachten immer Dominosteine geschenkt und dazu dann eben Weihnachtslieder gesungen.«

»Damals konnten wir nicht mitsingen«, erklärte Oliver Hauff, »weil wir ja den Mund voll mit Dominosteinen hatten. Und als wir jetzt die Lieder hörten, bekamen wir alle drei plötzlich eine unbändige Lust auf Dominosteine.«

»Und da sind Sie einfach ins Lager der Firma Riesen eingestiegen und haben diese neue Sorte von Riesen-Dominosteinen gegessen!«, sagte der Staatsanwalt.

»Genau!« – »Richtig!« – »So war's!«

»Sie geben die Tat also zu?«, wollte der Richter wissen.

»Ja!« – »Allerdings!« – »Freilich!«

»Aber Sie haben das erst zugegeben, als wir Ihnen gesagt hatten, dass wir den Personalausweis von Oliver Hauff am Tatort gefunden hatten. Stimmt's?«, wollte der Staatsanwalt wissen.

»Ja!« – »Leider!« – »So ein Blödmann, der Oliver!«

Das Letzte kam von Heinrich Hauff, der seinen Bruder böse anschaute.

»Die Dominosteine schmecken nämlich supergut, müssen Sie wissen, Herr Richter«, fuhr Heinrich fort. »Wir sind rein, immer noch mit Tränen in den Augen, im Hintergrund hörten wir die Musik weiter spielen. Ich als Ältester habe angefangen und von den Dominosteinen ein Drittel gegessen.«

Oliver fiel ihm ins Wort. »Ein Drittel? Von wegen. Jeden dritten Dominostein hast du gegessen!«

Sein Bruder tippte sich an die Stirn. »Das ist doch ein Drittel, du Dösbartel!«

Oliver schnitt ihm eine Fratze, während Heinrich fortfuhr. »Dann kam Werner und hat von den vorhandenen Steinen ebenfalls ein Drittel gegessen. Am Schluss dann ...«, Heinrich schaute zu seinem jüngsten Bruder, »... kam noch Oliver an die Reihe. Auch er hat ein Drittel von dem gegessen, was noch übrig war. Aber ...«, Heinrich erhob seine Stimme, »... aber, Herr Richter, eines muss ich doch zu unserer Verteidigung sagen. Als wir gingen, waren noch acht Dominosteine übrig.«

Der Richter schaute den Staatsanwalt an.

»Das entspricht der Wahrheit«, bestätigte der.

Der Richter überlegte. »So weit ist ja alles klar.« Er wandte sich an den Staatsanwalt. »Bevor ich aber das Urteil fälle, müss-

ten Sie mir noch sagen, wie viele Dominosteine denn insgesamt auf dem Tisch waren.«

Der Staatsanwalt blätterte aufgeregt in seinen Akten. »Äh … also … äh, das kann ich hier nicht finden, Herr Richter.«

»Das muss ich aber für das Urteil unbedingt wissen, Herr Staatsanwalt.«

Oliver Hauff mischte sich ein. »Das waren nicht viele, Herr Richter.« – »Wenige«, nuschelte Werner Hauff. – »Nur ein paar mehr als einige«, sagte Heinrich Hauff.

Der Richter lachte. »Das will ich schon genau wissen.«

Frage:

Wie viele der neuartigen Dominosteine waren im Lager, bevor die drei sich darüber hermachten?

Und hier kommt die Lösung:

Nachdem man Richter Scharfberg berichtet hatte, dass im Polizeiprotokoll nicht aufgeführt war, wie viele Dominosteine anfangs vorhanden waren, musste der Richter selber ausrechnen, wie viele es gewesen waren. Er begann von hinten. Oliver als der Jüngste hat als Letzter gegessen, und zwar den dritten Teil von dem, was noch da war. Danach waren dann noch acht Stück übrig geblieben. Also waren vorher, bevor Oliver an-

gefangen hatte zu essen, noch zwölf da. Denn teilt man acht in zwei Teile, sind es jeweils vier Dominosteine. Nimmt man noch die gleiche Anzahl – also vier – hinzu, hat man drei gleiche Teile. Insgesamt also zwölf Dominosteine. Dasselbe errechnete der Richter für Werner Hauff. Der hatte auch den dritten Teil von dem gegessen, was noch da war. Als er anfing, waren also noch 18 Dominosteine vorhanden. Und als Oliver Hauff als Erster begann, aß er ebenfalls ein Drittel von dem, was auf dem Tisch stand. Als er aufhörte, waren noch 18 Dominosteine da. Als er begann, waren es also 27.

»Es befanden sich 27 Dominosteine auf dem Tisch. Davon haben Sie insgesamt 19 gegessen. Und deswegen verurteile ich Sie zu 19 Stunden Dienst als Weihnachtsmann. Einer von Ihnen wird seine Strafe im hiesigen Waisenhaus ableisten, der Zweite im benachbarten SOS-Kinderdorf und der dritte Herr Hauff im Kinderkrankenhaus. Die Verhandlung ist beendet!«

Richter Scharfberg und Staatsanwalt Neufeld verließen den Gerichtssaal. Von draußen klangen vom Marktplatz her weihnachtliche Klänge. Eine Kapelle spielte *Leise rieselt der Schnee.* Die drei Brüder schauten sich etwas betreten an. Tränen traten in ihre Augen. Sie schauten zum Richtertisch, auf dem immer noch die Schachtel mit den Riesen-Dominosteinen stand. Oliver öffnete sie. Drei Stück waren noch drin.

»Mmpf!« – »Schmatz!« – »Lecker!«

12. Fest oder Event

»Ja, zum Donnerwetter! Wo sind wir denn hier?!« Herr Schenkel schlug auf den Tisch und stand auf. »Weihnachten, Leute, ist ein modernes Fest, okay? Xmas heißt das heute und nicht Weihnachten!« Er schlug noch mal auf den Tisch. »Überlegt doch mal, für wen wir das machen! For young people! Smart muss man heute sein, ein Fest muss cool und in sein. Das ist natürlich nichts für Oldies wie Sie, Herr Bruch!« Er schaute den Angesprochenen an.

»Ich muss doch sehr bitten, Herr ... Herr Schenkel!« Herrn Bruchs Augen funkelten wütend. »Ich bemühe mich hier mein Bestes zu geben und Sie ... Sie ...«

»Frieden, Sie zwei, Frieden«, flötete da Frau Nenner dazwischen. »Die Weihnachtszeit ist eine friedliche Zeit«, zwitscherte sie süßlich zwischen den zwei Streithähnen.

»Genau. Friedlich!«, donnerte Herr Schenkel wieder los. »Peace, Herr Bruch, oder ich vergess mich. Cool down!«

Da hielt es Herrn Bruch nicht mehr an seinem Platz. »Ich werde Ihnen Frieden geben! Und zwar auf die Ohren!«

Nur mit Mühe konnten die anderen die beiden Streithähne auseinander halten. Sonst hätte es noch einen handfesten Krach gegeben. Frau Nenner stützte den Kopf in ihre Hände. »Frieden! Weihnachten!«, murmelte sie.

Eine halbe Stunde später hatten sich die Gemüter beruhigt. Alle saßen jetzt wirklich friedlich um den Tisch. Frau Nenner er-

hob sich. »Als Vorsitzende dieser Sitzung in Sachen Wohltätigkeitsfest für unser Kinderkrankenhaus möchte ich Folgendes sagen: Sie, Herr Schenkel, möchten unser Fest moderner gestalten. Mit der Sprache der Werbung. Und Sie, Herr Bruch, möchten das nicht, sondern sind dafür, dass wir für unser Wohltätigkeitsfest mit ganz normalen deutschen Worten werben. Richtig?«

Die beiden nickten.

Frau Nenner fuhr fort: »Trotzdem bitte ich Sie von jetzt an in einem Ton darüber zu reden, wie es sich für Erwachsene zur Weihnachtszeit gehört.« Die beiden nickten wieder. »Gut. Dann erteile ich Herrn Schenkel das Wort. Und ich bitte darum ...«, sie sah flehentlich auf die beiden Streithähne von vorhin, »... dass jeweils nur einer redet.«

Herr Schenkel erhob sich. »Liebe Frau Nenner, liebe Freunde. Wenn wir schon so einen People's-Dream-Xmas-Event machen, dann müssen wir die Leute anlocken. Das geht eben nur mit entsprechender Marketing-Power: Und die Slogans der Werbung sind eben großenteils Englisch. *The Big-Xmas-Jackpot*, so muss das heißen.« Herr Schenkel schaute in die Runde. »Das schreiben wir auf ein Plakat, verteilen viele Flyer und schon wird das ein Mega-Event. Ja, Herr Bruch?«

Der Angesprochene stand auf. »Mein lieber Herr Schenkel, wie ich vorhin schon zu sagen versuchte, bitte denken Sie daran, dass wir hier deutsche Weihnachten feiern. Die Betonung liegt

auf *deutsche*. Was soll da der Blödsinn mit people, Flyer und Xmas? Wenn, dann heißt das noch immer *Menschen geben Geld für Weihnachten*. Oder so ähnlich.« Herr Bruch setzte sich.

»Ach was«, fuhr Herr Schenkel fort, »Sie verstehen das nicht. Heute macht man ein *event*, besser gesagt ein *charity event*. Schließlich ist Weihnachten ein *global event*.«

»In China, Tibet oder Nepal nicht«, widersprach Herr Bruch trotzig, erntete aber nur eine abwehrende Handbewegung von Herrn Schenkel.

Jetzt griff Frau Nenner ein. »Also wir wollen konkrete Weihnachts-Aktivitäten vorbereiten. Der Erlös soll ja schließlich einem gemeinnützigen Zweck zugute kommen. Über den Namen werden wir uns dann schon einigen. Bitte, Herr Schenkel, an was für einen Wettbewerb also dachten Sie denn?«

Herr Schenkel, der sich zwischenzeitlich gesetzt hatte, stand auf. »Nach dem, was der Wetterbericht sagt, werden wir ab morgen, also kurz vor dem dritten Advent, viel Schnee bekommen. Drum habe ich gedacht, dass wir einen Snow-King-Competition durchführen.« Mit einem Blick auf Herrn Bruch und Frau Nenner sagte er: »Oder extra für Sie: den Schneekönig-Wettkampf! Und den Snow-King ermitteln wir, indem wir einen megagroßen Santa Claus aus Pappe aufstellen. In dessen offenen Mund müssen die Teilnehmer aus fünf Meter Entfernung Schneebälle werfen.« Er sah mit Genugtuung, dass die anderen beifällig nickten.

»Und wie ermitteln wir den Sieger genau?«, wollte jemand wissen.

»Ganz einfach«, sagte Herr Schenkel. »Es treten immer zwei gegeneinander an. Wer mit fünf Schneebällen am meisten trifft, gewinnt. Der andere scheidet aus.«

Herr Bruch meldete sich. »Und wie viele Teilnehmer sollen mitmachen?«

Herr Schenkel rechnete kurz nach. »Also ich würde vorschlagen, wir nehmen 64 Teilnehmer an.«

»64!!« Herr Bruch krächzte es heraus. »64!! Das dauert ja tagelang! Schließlich müssen wir ja … äh, ja enorm viele Wettkämpfe durchführen!«

Herr Schenkel nickte. »Mein lieber Herr Bruch, ich weiß ganz genau, wie viele Wettkämpfe wir durchführen müssen, bis wir den Snow-King ermittelt haben. Ganz genau weiß ich das! Okay?«

Frage:
Wenn immer zwei Wettkämpfer gegeneinander antreten und jeweils einer davon ausscheidet, wenn anschließend dann die Sieger gegeneinander spielen, wieder einer ausscheidet usw. usw., wie viele Zweikämpfe müssen durchgeführt werden, bis der Gesamtsieger feststeht?

Und hier kommt die Lösung:

Man muss es ehrlich sagen, Herr Bruch war kein großer Rechner. 64 Leute, das war für ihn eine unübersehbare Menge. Und überhaupt: wieso gerade 64? Nun, lieber Herr Bruch, ganz einfach, damit man bei einer Zweier-Entscheidung am Schluss dann auch ein echtes Endspiel hat, damit also am Ende zwei übrig bleiben. Immer zwei treten gegeneinander an, einer verliert und scheidet aus. Beim Sport nennt man das ein K.-o.-System. Und wie viele Spiele müssen ausgetragen werden? Am Anfang sind es 64 Teilnehmer. Da spielen immer zwei gegeneinander. 64 : 2 macht 32 Wettkämpfe. Dann gibt es 32 : 2, also 16 Wettkämpfe, danach 16 : 2, also 8 Wettkämpfe, dann 8 : 2, macht 4 Wettkämpfe, 4 : 2 macht 2 Wettkämpfe und am Schluss 1 Endspiel. Zusammengezählt ergibt das: 32 + 16 + 8 + 4 + 2 + 1 = 63. 63 Kämpfe zwei gegen zwei sind nötig, um den Snow-King, oder wie Herr Bruch es möchte, um den Schneekönig zu ermitteln.

»Es gibt aber noch eine andere Art, die Rechnung zu lösen«, meldete sich da Frau Nenner. »Ganz einfach. Bei 64 Teilnehmern gibt es am Ende einen Sieger, was bedeutet, dass es vorher 63 Verlierer gab. Da jeder Verlierer nach einem Kampf ausscheidet, sind also 63 Wettkämpfe nötig!« Die anderen schauten sie verblüfft an und klatschten spontan Beifall.

»Und wie heißt jetzt der Sieger? Snow-King oder Schnee-König?«, wollte einer wissen.

»Entscheiden Sie das doch, Frau Nenner!«, meinte Herr Bruch und die anderen nickten dazu.

Frau Nenner sagte: »Der Gewinner unseres Wettkampfes wird der *Schnee-King* und damit basta. Und Sieger, Sieger werden sowieso die Kinder im Krankenhaus sein, die wir mit den eingenommenen Geldern unterstützen werden. Die Sitzung ist geschlossen!« Und sie begann zu singen: *»Stille Nacht, heilige Nacht …«*

Alle anderen stimmten ein. Auch Herr Schenkel sang mit. Ganz leise, so dass es niemand hörte, sang er: *»Silent night, holy night!«*

Aber wie gesagt, er sang es nur ganz leise!

13. Wurzelchen und Kugelchen

»Haaaaatschiiiiii!! Haaaaatschiiii!!« Ein Nieser folgte dem anderen. Und alles unter den Seufzern dessen, der unter einer heftigen Erkältung litt. Der arme Mann hieß Kugel und so rund war er auch. Im Moment sah man es aber gar nicht, weil er im Bett unter einer dicken Decke verborgen war. Nach einem erneuten Nieser ging die Tür des Schlafzimmers auf und herein kam seine Frau. »Na, wie geht's denn meinem Kugelchen?«

Kugelchen war der Kosename, den sie ihm gegeben hatte. Eigentlich hieß Herr Kugel Friedrich mit Vornamen. Aber diesen Namen fand seine Frau zu streng für ihren doch ziemlich rundlichen Mann. »Ich hab dir einen wunderbaren Wurzeltee gemacht, mein Kugelchen. Der wird dir gut tun. Du wirst sehen, die Erkältung verschwindet wie von selbst!«

Ihr Mann ächzte nur und putzte sich die Nase. Der Papierkorb lief schon über von den vielen benutzten Papiertaschentüchern. »Äch mss ba nch wech«, krächzte Herr Kugel schließlich unter Gestöhne hervor.

»Was meinst du, mein Lieber?«

»Haaaaatschiiiiii!! Haaaaatschiiii!!«, kam es jetzt unter der Decke hervor. Mit hochrotem Kopf tauchte Herr Kugel auf und sagte so verständlich wie möglich: »Ich muss aber noch weg! Zur Hundeausstellung!«

Hunde! Das war die große Leidenschaft von Herrn Kugel. Hunde liebte er über alles. Er selbst hatte fünf Stück. Und außer

den eigenen betreute er noch Hunde von Freunden und Bekannten. Er war Erster Vorsitzender des Hundeliebhaber-Vereins *Bell & Wau*. Jedes Jahr zur Weihnachtszeit kamen die Vereinsmitglieder zusammen, kostümierten ihre Hunde als Weihnachtsmänner und danach wurde der schönste Weihnachtshund gekürt. Viele fanden das übertrieben, aber alle Hundebesitzer waren jedes Jahr aufs Neue begeistert. Vor einigen Jahren hatte Brezel, einer der Hunde von Herrn Kugel, sogar den Preis des schönsten Weihnachtshundes erhalten. Der Pokal, eine goldene Pfote mit der Jahreszahl und dem Namen des Hundes, stand in dem Schrank mit den anderen Pokalen, die Herr Kugel schon mit seinen Hunden erreicht hatte. Und auch dieses Jahr hatte sich Herr Kugel vorgenommen mit seinen Hunden wieder einen Pokal zu erringen. Und nun dieses.

»Aber Kugelchen«, flötete Herrn Kugels Frau, »du kannst doch in deinem Zustand nicht weggehen. Das ist unmöglich!«

»Ich muss aber«, kam es von Herrn Kugel, der sich aufrichtete. »Ich muss. Ohne mich …« Aufstöhnend und ächzend fiel er in seine Kissen zurück.

Tröstend legte seine Frau ihre Hand auf seine Stirn und meinte: »Nun pass mal auf, Kugelchen. Ich weiß ja, dass du dich auf die Ausstellung gefreut hast. Und ohne dich geht das mit den Hunden nicht. Ich weiß. Mir gehorchen sie ja nicht. Aber dass du zu krank bist, um zur Ausstellung zu gehen, ist ja wohl klar. Wir ma-

chen es so: Ich werde hingehen und dir danach alles berichten. Alle Einzelheiten. Einverstanden?«

»Chrr«, kam es aus der Tiefe der Kissen. »Nvrstnn!«

Das hörte sich an wie *Einverstanden*.

Also stand Frau Kugel auf und machte sich fertig, um allein zur Hundeausstellung zu gehen. Vorher gab sie natürlich noch den Hunden etwas zu fressen, denn die mussten ja nun diesmal zu Hause bleiben: »Fressifressi! Kommt her! Vollkorn! Brötchen! Kruste! Brezel! Schnecke!«

Über diese Namen darf man sich nicht wundern. Herr Kugel war nämlich früher Bäcker gewesen. Und darum hatten alle Hunde Namen, die ihn an seinen früheren Beruf erinnerten.

Nach ungefähr drei Stunden kam Frau Kugel wieder zurück. Gleich schaute sie nach ihrem Mann. Zu ihrer Überraschung saß er fast aufrecht im Bett und trank seinen Wurzeltee, der aber inzwischen fast kalt geworden war. Sofort kochte Frau Kugel ihm einen neuen. »Hier, Kugelchen, trink das. Dann wird es dir bald wieder richtig gut gehen.«

»Nun lass mal den Tee«, antwortete ihr Mann überraschend deutlich. »Was war denn jetzt auf der Ausstellung? Wer hat gewonnen? Wer war denn alles da? Wie viele waren da?«

So gut sie konnte, berichtete Frau Kugel alles, was sie gesehen hatte. Vor allem, dass dieses Mal Schrödinger zum Hundeweihnachtsmann gewählt worden war. Schrödinger war der Hund

vom Nachbar Menge. Eine kleine schwarz-weiße Mischung, also der Hund, nicht der Nachbar.

»Und wie viele waren insgesamt da?«

Frau Kugel überlegte. »Also ich habe genau 110 Beine herumlaufen sehen. Und fünf Herrchen hatten sogar je zwei Hunde an der Leine. Nun kannst du ja ausrechnen, wie viele Hunde und Hundebesitzer da waren. Aber denk dran, mein Kugelchen, dass auch die Besitzer Beine haben!« Sie musste lachen. »Und solange du nachdenkst, mach ich dir noch einen Wurzeltee!«

Frage:

Wie viele Hunde und wie viele Herrchen waren bei der Ausstellung?

Und hier kommt die Lösung:

Mit einer dampfenden Kanne Wurzeltee kam Frau Kugel zu ihrem Mann zurück. »Nun, Kugelchen, hast du rausbekommen, wie viele Hunde und wie viele Herrchen in der Ausstellung waren? Ich kann dir jedenfalls sagen, dass ein ganz schönes Gedränge herrschte.«

Herr Kugel schniefte und putzte sich die Nase. »Ach, Wurzelchen, so schwer war das doch gar nicht. Ich bin zwar erkältet, aber mein Hirn ist nicht krank. Rechnen kann ich noch.«

Warum übrigens Herr Kugel seine Frau *Wurzelchen* nannte, wissen wir jetzt nach dem vielen Wurzeltee, den er getrunken hatte. Waren Hunde die Leidenschaft von Herrn Kugel, so waren Wurzeltees der verschiedensten Sorten das Hobby von Frau Kugel.

»Es waren 110 Beine, hast du gesagt. Und fünf Herrchen hatten sogar zwei Hunde an der Leine. Das heißt, diese fünf plus ihre Hunde hatten zusammen 50 Beine. Dann bleiben bis 110 noch 60 Beine übrig. Ein Herrchen und ein Hund haben sechs Beine. Bei 60 Beinen sind das zehn Herrchen und zehn Hunde. Insgesamt macht das 20 Hunde und 15 Herrchen. Richtig, Wurzelchen?«

»Richtig, Kugelchen! Magst du noch einen Wurzeltee?«

»Nein danke, Wurzelchen.«

»Na, dann trink ich ihn, Kugelchen!«

»Mach das, Wurzelchen!«

14. Vier Z beim 3-Z-Lauf

Es war der Tag des großen Zifferdinger *ZZZ-Weihnachtslaufes*. Manche nannten ihn auch einfach kurz den *3-Z-Lauf*. Jedes Jahr war der Lauf auch Anlass für viele Touristen, nach Zifferdingen zu kommen.

»Den *3-Z-Lauf* gibt es jetzt seit 50 Jahren«, erklärte die Fremdenführerin Edith Summer während ihres Stadtrundganges. Um sie herum standen etwa zehn Leute, die sich aufmerksam anhörten, was sie über Zifferdingen berichtete. Gerade eben waren sie vom Marktplatz gekommen, wo sie das vor kurzem aufgestellte Denkmal des berühmtesten Sohnes der Stadt besichtigt hatten. Der hieß Mario Zweifel und war ein berühmter Skifahrer gewesen. Genauer gesagt war er Langläufer gewesen und hatte auf seinen Langlaufski ganz Schweden, Norwegen und Finnland durchquert. Jedes Jahr zu Weihnachten aber war er nach Zifferdingen zurückgekehrt und hatte vor 50 Jahren den 3-Z-Weihnachts-Lauf gegründet.

»3 Z deswegen«, erklärte Frau Summer, »weil der Lauf außerhalb von Zifferdingen im Zapfenwäldchen gestartet wird. Und da gehen wir gerade hin.«

Schüchtern fragte eine der Zuhörerinnen: »Und wieso ›3 Z‹? Das sind doch nur zwei Z: Zifferdingen und Zapfenwäldchen!«

Frau Summer nickte. »Richtig. Das dritte Z stammt vom Gründer Zweifel. Somit hätten wir drei Z: Zweifel, Zapfenwäldchen und Zifferdingen.« Sie zeigte auf den Waldrand. »Genau hier be-

ginnt das Zapfenwäldchen. Und Sie sehen schon, wie die Vorbereitungen laufen für den Start am Wochenende.« Sie deutete auf eine große Tafel, auf der der Kurs des Laufes eingezeichnet war. »Die Strecke beginnt hier am Zapfenwäldchen, führt dann in weitem Bogen in leichter Steigung zur Aussichtswiese, dann über St. Elfelein zurück zum Zapfenwäldchen.«

»Bitte, auch Japaner kommen?«, wollte jemand wissen. Seinem Aussehen nach ein Japaner.

»Ja, wir haben Teilnehmer aus der ganzen Welt«, erklärte Frau Summer. »Insgesamt nehmen Läufer aus sieben Nationen teil. Das ist dieses Jahr ein Rekord.«

Da wurde sie erneut unterbrochen, und zwar von einem Herrn mit Sprachfehler. »Und waz gibt ez zu gewinnen? Daz zind doch alles Profiz, oder?«

Frau Summer nickte zustimmend. »Selbstverständlich. Mit einem Blumentopf locken Sie heute niemanden mehr an. Natürlich gibt es den großen Zifferdinger 3-Z-Pokal. Und dazu noch Geld. Wie überall.«

Der Mann wandte sich an seine Frau: »Ziehste, hab ich doch gezagt.«

Die Frau aber beachtete ihn kaum, sondern fragte die Fremdenführerin: »Sagen Sie mal, wie lang ist denn die Strecke?«

Frau Summer lächelte etwas verschmitzt und meinte: »Vom Start im Zapfenwäldchen über die Aussichtswiese bis St. Elfelein

sind es 17,5 Kilometer. Von der Aussichtswiese über St. Elfelein bis zum Zapfenwäldchen, wo auch das Ziel ist, sind es 19 Kilometer. Und von St. Elfelein über den Start im Zapfenwäldchen bis zur Aussichtswiese sind es 13,5 Kilometer. Insgesamt geht ein Wettkampf über zwei Runden.«

Alle schauten sich verwirrt an. Der Mann mit dem Sprachfehler stupste seine Frau an und meinte: »Nu bizte auch nich schlauer alz vorher, oder?«

Die Frau wehrte ab. »Warte mal. Das kann man doch ausrechnen.«

Mit dem Finger malte sie Zahlen in die Luft, andere schrieben sie auf den Boden, der Japaner fütterte sie sogar in seinen Taschenrechner, den er aus der Jacke zog. Ohne Erfolg.

Schließlich begann die Frau in ihrer Handtasche herumzukramen und zog kurze Zeit später ein Stück Papier und einen Stift heraus. Sie zeichnete sich den Parcours auf und ließ sich von Frau Summer die Abstände zwischen den einzelnen Stationen des Rundlaufs diktieren. Als sie die Zahlen notiert hatte, schaute sie von ihrer Skizze auf und grinste Frau Summer wissend an. Die lächelte freundlich zurück.

Frage:
Wie lang ist die Rundstrecke?

Und hier kommt die Lösung:

Triumphierend zeigte die Frau der Fremdenführerin ihren Zettel mit der Lösung. Frau Summer nickte anerkennend. Die anderen schauten die beiden Frauen ratlos an.

Frau Summer lächelte freundlich und begann zu erklären: »Wissen Sie, wir hier in Zifferdingen, wir mögen solche Zahlenspielereien. Ich hätte Ihnen natürlich auch gleich die Kilometerzahl sagen können. Aber sagen Sie selbst, das wäre doch langweilig gewesen. Oder?«

Alle nickten etwas gequält. »Also: einfach die drei Kilometer-Angaben zusammenzuzählen war zwar nötig, aber nicht ausreichend. Wie Sie bestimmt gemerkt haben, habe ich immer die Länge von zwei aufeinander folgenden Teilstrecken zusammen genannt. Zusammengerechnet ergibt das also die doppelte Länge der Strecke, nämlich 50 Kilometer. Somit ist die Rundstrecke 25 Kilometer lang.«

Anerkennend wandte der Mann sich an seine Frau und sagte: »Zuper!«

›Das wäre das vierte Z!‹, dachte Frau Summer.

15. Jan braucht ein Geschenk

»Passen Sie doch auf!«

»Passen Sie doch selber auf, Sie Lümmel!«

»Klotzkopf!«

»Unverschämtheit!«

Es war Samstagnachmittag. In der Innenstadt herrschte Hochbetrieb. Die Leute hasteten durch die Einkaufszone und stießen mit ihren vielen Einkaufstüten aneinander. »He Sie, das ist meine Tüte!«

»Ach nee, das ist doch wohl meine. Pfoten weg!«

»Au verflucht!« Dieser letzte so ganz und gar nicht weihnachtliche Ausruf kam von Jan. Er schimpfte erneut. Jemand war ihm in die Hacken getreten und hatte sich nicht einmal entschuldigt. Er setzte sich auf eine Bank am Rande des Bürgersteiges und richtete seine Socken und Schuhe.

»He Jan«, hörte er jemanden rufen. Er blickte auf. »Hallo, Andi. Was treibst du denn hier?«

Andi setzte sich neben ihn. »Na, was schon, Weihnachtsgeschenke suchen. Für meine Eltern. Weißt du schon, was du deinen schenkst?«

»Keine Ahnung. Meiner Mutter wahrscheinlich wieder Pralinen. So was isst sie am liebsten.«

»Meine nicht«, seufzte Andi, »die mag keine Pralinen.«

»Meine umso mehr. Die kriegt sie jedes Jahr von mir an Weihnachten.«

»Du könntest doch deiner Mutter auch mal was anderes schenken«, meinte Andi.

»Wieso soll ich ihr denn was anderes schenken?«, gab Jan zurück. »Erstens hab ich doch keine Ahnung, was. Und zweitens will sie wirklich immer Pralinen. Natürlich eine bestimmte Sorte. Aber über die freut sie sich. Glaub's mir.«

Andi zuckte nur mit den Schultern. »Wenn du meinst.«

Jan haute ihm auf die Schulter. »Kannst ja mitkommen. Ich wollte gerade zum Kaufhaus SOLDI gehen. Da gibt's vor Weihnachten immer Sonderangebote.«

Die beiden kämpften sich durch die Menge hindurch Richtung Kaufhaus. Draußen war es kalt und voller Menschen, im Kaufhaus war es sehr warm, aber auch voller Menschen. Jan und Andi wühlten sich durch bis zur Süßwarenabteilung.

»Hier sind sie«, strahlte Jan. »Schau, genau die meine ich.« Er wies auf ein Regal mit verschiedenen Packungen belgischer Pralinen, die angepriesen wurden als die besten Pralinen der Welt mit der besten Schokolade und den allerbesten Zutaten. Und das auf Französisch: *Très bon, très doux, c'est pour vous!* Sogar ein Schälchen mit Pralinen zum Probieren stand bereit.

»Mmh, lecker«, meinte Andi mit vollem Mund und schob gleich eine zweite Praline nach. »Und welche willst du für deine Mutter nehmen?«, fragte er.

Jan deutete auf das Regalende. »Na, eines von denen da. Da

gibt’s zu den Pralinen auch gleich noch eine Porzellanschale dazu. Und bei den anderen eine silberne Schale.«

Und richtig. Da wurden die leckeren Pralinen einerseits in der Porzellanschale oder in einer silbernen Schale angeboten. Die in der Porzellanschale kosteten mit 500 Gramm Inhalt 8,90 Euro. Die in der silbernen Schale kosteten bei 600 Gramm Inhalt dagegen 10,25 Euro.

»Hm«, machte Jan. »Keine Ahnung, welche ich nehmen soll? Was meinst du?«

Andi dachte nach. »Was mag deine Mutter mehr: Porzellan oder Metall?«

Jan grinste. »Pralinen natürlich! Also, ich glaub, ich nehme die, wo ich mehr für mein Geld bekomme.«

Frage:

Bei welchem Angebot bekommt Jan mehr Pralinen für sein Geld? Für welches der Angebote soll er sich entscheiden?

Und hier kommt die Lösung:

»Mann, ich hab keine Ahnung, was ich machen soll«, sagte Jan.

Andi grinste und meinte: »Es ist piepegal, welche du nimmst. Ob Metall oder Porzellan, die kosten beide dasselbe.«

»Wie dasselbe? Das eine kostet 8,90 €, das andere 10,25 €.«

»Du musst das umrechnen«, meinte Andi. »500 Gramm kosten 8,90 € und 600 Gramm 10,25 €. Das heißt, die 100 Gramm Unterschied kosten 1,35 €. Das ist der Unterschied zwischen den Preisen.«

Jan nickte. »Bis dahin hab ich's kapiert«.

»Ist doch einfach«, fuhr Andi fort. »Wenn 100 Gramm 1,35 € kosten, dann kosten 500 Gramm 6,75 €. Die Porzellanschale kostet dann also 2,15 €. Und 600 Gramm kosten 8,10 €, das heißt, die Schale aus Metall kostet auch 2,15 €, das sind die 10,25 minus 8,10.«

»Und was bedeutet das nun?«, wollte Jan wissen.

»Dass du nehmen kannst, was du willst. In der Packung im Porzellan ist weniger drin. Drum kostet sie weniger. Die Packung in der Metallschale hat mehr Inhalt. Kostet also mehr. Das ist gehupft wie gesprungen.«

»Aber irgendwie sind die doch bekloppt mit dem Angebot. Oder?«

»Wieso?«, wollte Andi wissen.

»Weil es da keinen Unterschied gibt. Außer Porzellan oder Silberschale. Die eine Schale kostet genauso viel wie die andere. Nur sind in der einen mehr Pralinen als in der anderen drin. Angebote mit verschiedenen Preise sollen sich doch unterscheiden.«

»Das ist eben kein Angebot, das ist ein Ungebot!«, meinte Andi lachend. »Und weißt du was? Ich nutze das Ungebot! Ich kauf auch eine Schale mit Pralinen und schenke sie meiner Mutter!«

Jan schaute ihn verwundert an. »Du hast doch gesagt, sie mag keine Pralinen.«

»Aber ich!«, sagte Andi und nahm sich eine dritte Probier-Praline.

16. Der Bücherwurm und der Tannenstern

Hannes ist ein Bücherwurm. Bücher anschauen hat er schon als ganz kleines Kind am allerliebsten gemacht. Als er dann lesen konnte, las er alles, was ihm zwischen die Finger kam: Anleitungen für Geräte, Beipackzettel der Medikamente, Karton-Aufschriften, Werbesprüche, Kassenzettel, ganz zu schweigen von Zeitungen und Büchern. Besonders die hatten es ihm angetan. Und von denen hatte sein Vater mehr als genug. Der war nämlich Historiker und liebte alte Bücher. Sehr alte Bücher! Und die durfte sich Hannes jederzeit aus dem Regal nehmen.

Hannes saß im Rollstuhl. Praktisch schon sein ganzes Leben lang. Und das dauerte nun schon zehn Jahre. Heute hatte Hannes das aus dem Regal geholte Buch aber erst einmal beiseite gelegt. Er hatte seinen Eltern versprochen Weihnachtsplätzchen zu backen. Jetzt am Nachmittag hatte er Zeit dazu. Seine Mutter war Weihnachtseinkäufe tätigen, sein Vater war zwei Tage verreist, Geschwister hatte Hannes nicht. Und seine Freunde waren heute alle draußen beim Skifahren. Mit Zimtsternen hatte er begonnen. Danach kamen die Kokosmakronen dran. Hannes probierte eine von ihnen. »Mmh, saugut«, murmelte er und leckte sich die Finger.

Er rollte zum Ofen und schaute nach, was die Vanillehörnchen machten. Aber die brauchten noch ein wenig. Hannes rollte ins Wohnzimmer, um sich sein Buch zu holen.

Illustriertes Buch für Knaben und Mädchen stand auf dem Titel. Und darunter *Planmäßig geordnete Sammlung zahlreicher anregen-*

der Belustigungen, Spiele und Beschäftigungen für Körper und Geist, im Freien und im Zimmer.

Er blätterte in dem Buch herum und stieß auf ein merkwürdiges Gedicht über einen Weihnachtsstern:

Es kroch an einem Weihnachtsbaum
Ein kleiner Stern, man sah ihn kaum,
Von unten auf mit aller Macht
Vier Meter richtig jede Nacht,
Und alle Tage wieder
Genau zwei Meter dran hernieder.
So hatte mit der zwölften Nacht
Er ganz sein Kletterwerk vollbracht.
Mein Freund, sag mir doch ohne Scheu,
Wie hoch der Baum denn sei?

Hannes begann nachzudenken. »Jede Nacht vier Meter hoch und tagsüber zwei Meter wieder runter. Und in der zwölften Nacht ist er oben. Hm, das ist nicht so einfach. Aber es gibt ja ein gutes Mittel, das einem beim Denken hilft!« Er rollte wieder in die Küche und aß noch zwei Kokosmakronen.

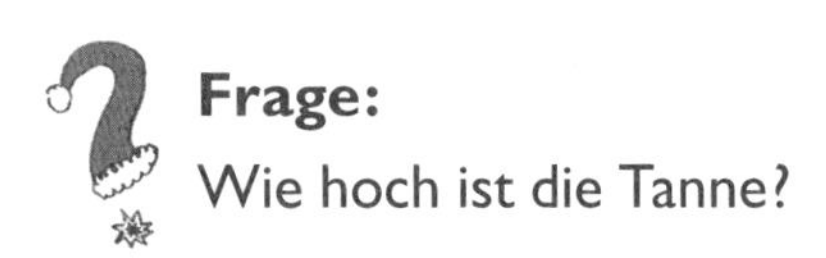

Frage:
Wie hoch ist die Tanne?

Und hier kommt die Lösung:

Hannes dachte nach und aß. Er aß und dachte nach. Wie hoch ist der Tannenbaum? Er griff in die Schüssel mit den Kokosmakronen und griff … ins Leere.

Er hatte alle weggeputzt! Au Mann, das sollten doch Plätzchen für alle werden!

Zum Glück hatte er ja noch die Vanillehörnchen, die inzwischen auch fertig waren.

Schnell holte er sie aus dem Ofen und wälzte sie in einem Gemisch aus Puder- und Vanillezucker. Eigentlich mussten die jetzt noch ein paar Tage stehen, aber er probierte dennoch eines.

»Verflucht, sind die heiß!«, schimpfte er.

Er fächelte sich Luft in den Mund und rollte zum Tisch, um sich ein Glas Mineralwasser einzuschenken.

Nachdem er die Hörnchen zum Abkühlen auf das Fensterbrett gestellt hatte, schaute er sich noch einmal das Gedicht an und hatte dann die Lösung.

Vier Meter hoch und zwei wieder runter.

Das heißt, jeden Tag kommt der Stern zwei Meter höher. Am Ende des elften Tages ist er also 22 Meter hoch.

Da steht aber noch was von einer zwölften Nacht, nach der er oben ist. Und nachts schafft er ja vier Meter.

22 Meter plus 4 Meter ergeben 26 Meter.

Die Tanne ist also 26 Meter hoch!

In diesem Moment kam seine Mutter nach Hause.

Hannes rollte ihr entgegen.

»Hallo, Hannes, hier riecht es ja fantastisch«, meinte sie und warf ihren Mantel aufs Sofa. »Heute war wieder ein furchtbarer Tag. Das Bürgermeisterchen hatte vielleicht eine Laune, sag ich dir! Dauernd schrie er *Luise, machen Sie dies, Luise, bringen Sie mir das,* den ganzen Tag ging das so. Ich freu mich schon die ganze Zeit auf einen Kaffee und auf deine Kokosmakronen!« Sie schaute erwartungsvoll in die Keksdosen, die Hannes auf den Tisch gestellt hatte.

Hannes spürte, wie er rot wurde.

»Die Zimtsterne und die Vanillehörnchen schmecken auch gut«, meinte er verlegen.

17. Maria und zwei Josefs

»Ruhe! Ruhe, sage ich!« Herr Krank fuchtelte mit den Armen, als würde er von einem Bienenschwarm verfolgt. Aber die Klasse beachtete ihn gar nicht. »Ruuuuhe! Heiliger Bimbam noch mal! Wenn ihr nicht gleich Ruhe gebt, dann schreibt ihr morgen eine Arbeit!« Sofort wurde es mucksmäuschenstill. »Na endlich!« Herr Krank schaute streng auf seinen Neffen Tommi, der mit seinem Banknachbarn Mark tuschelte. »Und ihr beiden seid jetzt auch still, damit wir die Sache endlich klären können. Himmel, wenn das so weitergeht, werde ich noch so, wie ich heiße!«

»Jawohl, Herr Krank«, sagte Vivien aus der dritten Reihe.

»Ruhe!«, donnerte Herr Krank. »Jetzt redet nur einer und das bin ich. Ist das klar?«

»Klar!«, schrie die ganze Klasse – und alle lachten.

Es ging um das Zifferdinger Krippenspiel. Jedes Jahr führten die Kinder aus Zifferdingen zu Weihnachten ein Krippenspiel auf. Es war eine Ehre, daran teilnehmen zu dürfen. Und darum wollte jeder gerne eine Rolle darin übernehmen.

»Ich fang jetzt noch mal ganz von vorne an«, begann Herr Krank. »Wir haben für das Krippenspiel alle Rollen verteilt bis auf die des Josef. Um den streiten sich Paul und Henrik.« Als er sah, wie einer der beiden den Mund aufmachte, hob er energisch die Hand. »Ihr beiden seid jetzt so still und leise wie ein Wind im Weltraum. Sonst spiele ich den Josef höchstselbst! Und das wollen wir doch vermeiden. Oder?«

Die beiden nickten.

»Okay! Dann wollen wir mal überlegen, wie wir das machen. Also den Josef wollt ihr beide spielen und den Hirten keiner. Richtig?«

Wieder nickten die beiden. Die anderen in der Klasse grinsten. Paul hob brav die Hand.

»Ja, Paul?«

»Können wir denn nicht beide den Josef spielen? Einen Tag ich, einen Tag der Henrik?«

Herr Krank überlegte. »Nein, das ist nicht gut. Dann sieht der Josef jeden Tag anders aus. Das macht keinen guten Eindruck. Abgelehnt.« Er dachte nach.

»Können wir nicht eine Münze werfen oder so was?«, fragte Henrik.

»Hm, mal sehen«, murmelte Herr Krank, dann grinste er plötzlich fröhlich. »Ich weiß was Besseres. Wir werden einen kleinen Wettkampf veranstalten.«

»Prima«, sagte Henrik, der ein guter Sportler war.

»Nein, nein, keinen sportlichen Wettkampf«, grinste Herr Krank. »Wir werden einen Denk-Wettkampf veranstalten.«

»So was Blödes«, maulte Paul.

»Kein Problem«, sagte Herr Krank, »du kannst auch gleich aufgeben, dann spielt Henrik den Josef. Alles klar?«

Heftig den Kopf schüttelnd verneinte Paul.

»Also, auf geht's«, sagte Herr Krank. Er ging zur Tafel und zeichnete ein Viereck mit neun Feldern auf.

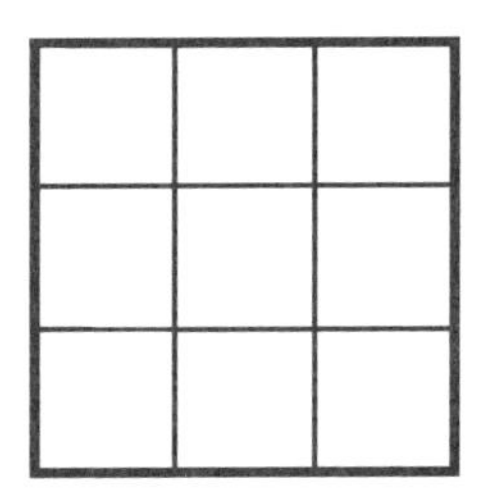

»So. Die Aufgabe besteht darin, die Zahlen von 1 bis 9 so in den Feldern zu verteilen, dass in jeder Reihe, also waagrecht, senkrecht und diagonal, die Summe gleich 15 ist.« Er schaute die beiden »Josefs« an. »Also los! Und ihr anderen könnt natürlich außer Konkurrenz mitmachen.«

Eifrig beugten sich Paul und Henrik über ihre Aufgabe. Sie schrieben Zahlen hin, radierten sie wieder aus, schrieben erneut hin und radierten wieder.

Nach einer Weile hob Henrik die Hand und sagte: »Ich hab's!«

Paul stöhnte noch und meinte: »Noch einen Moment, ich auch gleich.«

Frage:

Wie kann man in dieses Viereck die Zahlen von 1 bis 9 so verteilen, dass jeweils in jeder Reihe waagrecht, senkrecht und schräg sich die Summe 15 ergibt?

Und hier kommt die Lösung:

Herr Krank warf einen kurzen Blick auf die zwei Zettel und erklärte: »Bravo, ihr beiden! Ihr habt beide gewonnen!«

Dabei hatten die beiden die Kästchen doch ganz unterschiedlich gefüllt. Oder sah es nur so aus?

Das hier war die Lösung von Paul:

8	3	4
1	5	9
6	7	2

Und hier die von Henrik:

4	9	2
3	5	7
8	1	6

Henrik kapierte als Erster: »Es ist eigentlich genau dieselbe Lösung, nur in anderer Anordnung!«

»Genau!«, lobte ihn Herr Krank.

»Ja, und wer macht jetzt den Josef?«, wollte Melanie wissen, die die Maria spielen sollte.

»Also ich würde sagen, Henrik. Denn er war ein bisschen schneller als Paul. Einverstanden, Paul?«

Der nickte und meinte: »Dann mach ich eben den Hirten. Aber ich will ein echtes Schaf haben.«

»Määäh«, klang es da von hinten und die Klasse lachte.

»Ich hab's ja schon immer gewusst, Schafe haben wir genug hier.« Herr Krank lächelte, und während er die übrigen möglichen Lösungen aufschrieb, erklang aus der Klasse ein vielfaches »Määäh! Määäh!«.

6	1	8
7	5	3
2	9	4

2	7	6
9	5	1
4	3	8

8	1	6
3	5	7
4	9	2

6	7	2
1	5	9
8	3	4

2	7	6
9	5	1
4	3	8

4	3	8
9	5	1
2	7	6

18. Väter und Söhne

»Frische Weihnachtsbäume! Kauft frische Weihnachtsbäume! Direkt vom Wald, alles allerbeste Ware!« Boris schrie sein Angebot heraus, um die Leute anzulocken. »Leute, kauft meine Weihnachtsbäume, das sind die besten, die es gibt! Alles schön grün, alles aus Holz, ohne Plastik, ohne Airbags!«

Ohne Airbags? Na ja, Boris hatte eben so seine ganz besondere Art, seine Ware anzupreisen. Die musste er auch haben. Denn Weihnachtsbäume waren nicht billig und es gab auch noch andere, die Weihnachtsbäume verkauften. Und da galt es, sich etwas einfallen zu lassen, damit die Leute bei ihm kauften und nicht bei den anderen. So wie das Ehepaar, das sich gerade eine Fichte ausgesucht hatte. »Wunderbar, Friedrich, nicht wahr?«

Der Angesprochene nickte. »Das ist eine herrliche Fichte. Wir werden einen schönen Christbaum daraus machen, Edith.«

Seine Frau lächelte zufrieden.

»Aber klar haben Sie da ein prima Exemplar. Der Baum kommt direkt aus dem Schwarzwald, direkt aus Baden-Baden vom Gut Haldenberg. Hab ich selbst ausgesucht. Er wuchs neben einem kleinen Teich mitten im Wald. Und als ich dort war im Sommer, hupfte vor mir her ein Eichhörnchen direkt zu dem Baum. So als wollte es mir sagen, hier nimm diesen Baum, der ist schön. Und dann hab ich ihn ausgewählt. Extra für Sie.«

Bewundernd schaute das Ehepaar auf den Baum und stolz und zufrieden zog es mit ihm ab.

Boris begann wieder auszurufen: »Frische Bäume! Frische Weihnachtsbäume! Coole Bäume, starke Bäume, vom S-Format bis XXL, alles da. Kauft, Leute, kauft. Bäume kaufen ist gesund!«

Eine Frau, die sich gerade die Bäume anschaute, fragte ihn, wieso es gesund sei, wenn man Bäume kaufe.

»Wer Bäume kauft, der macht mich gesund«, erklärte Boris, ohne die Miene zu verziehen. »Dann hab ich Geld und kann gesund leben!«

Da musste die Frau lachen, ging aber weiter, ohne Boris gesund gemacht zu haben.

Am Abend hatte Boris mit seinen witzigen Sprüchen alle Bäume verkauft. Oder besser gesagt: fast alle. Es war schon beinahe dunkel, als Herr Mohnei zu ihm eilte und sagte, er bräuchte für seine Druckerei drei Weihnachtsbäume. Und zwar heute noch.

Boris zeigte auf den leeren Platz und sagte: »Tut mir Leid, aber ich bekomme erst morgen früh wieder neue Bäume.«

Herr Mohnei wies auf eine Ecke, in der noch drei Bäume lagen. »Hören Sie mal, guter Mann, was reden Sie da? Da liegen ja noch drei Bäume. Das passt doch!«

Boris schüttelte den Kopf. »Passt nicht, weil diese Bäume bestellt sind. Die werden gleich abgeholt.«

Der Druckereibesitzer schaute etwas missmutig drein. »Hören Sie. Ich zahle Ihnen auch etwas mehr für die Bäume. Die drei da hinten sind wirklich die schönsten Bäume, die ich gefunden

habe. Also, was kosten sie?« Und er zog seine Brieftasche heraus.

»Nix zu machen«, meinte Boris nur. »Wie gesagt, die sind vorbestellt. Ich kann doch nicht jemandem Bäume verkaufen und hinterher sagen, ach, die hab ich einem anderen gegeben.«

»Wieso nicht?«, fragte Herr Mohnei. »Sie können doch sonst immer so tolle Geschichten erzählen. Lassen Sie sich was einfallen!«

Boris schüttelte wild den Kopf.

»Ach, kommen Sie«, drängte Herr Mohnei, »erzählen Sie was von kleinen Kindern, die dringend Bäume für ihre armen Großeltern brauchten. Irgend so etwas können Sie doch erfinden.«

»Klar kann ich das«, meinte Boris, »will ich aber nicht. Geschichten zu erzählen macht Spaß. Jemanden anzulügen macht keinen Spaß.«

Doch Herr Mohnei ließ nicht locker. »Und wer hat die Bäume da bestellt?«, wollte er wissen. »Vielleicht kann ich mit denen reden.«

»Keine Ahnung«, erwiderte Boris. »Es waren zwei Väter und zwei Söhne, so viel hab ich rausbekommen. Und jeder wollte einen Baum für sich.«

»Zwei Väter und zwei Söhne?«, wiederholte Herr Mohnei. »Wenn ich noch richtig rechnen kann, dann bräuchten Sie ja vier Bäume! Und nicht drei! Dann reichen die drei ja sowieso nicht. Da kann ich sie doch nehmen.«

Boris lächelte. »Nein, nein. Es sind zwei Väter und zwei Söhne. Und jeder von ihnen bekommt einen Baum. Und danach hat jeder einen Baum!«

Herr Mohnei schaute Boris ungläubig an. »Sind Sie sicher, dass das stimmt?«

Boris nickte: »Ja, ja. Zwei Väter und zwei Söhne. Für die reichen drei Bäume, damit jeder einen Baum erhält!«

Frage:
Drei Bäume für zwei Väter und zwei Söhne. Wie kann das aufgehen, damit jeder einen Baum bekommt?

Und hier kommt die Lösung:

In diesem Moment kamen die Leute, die die Bäume vorbestellt hatten. Es waren zwei Väter und zwei Söhne – aber nur drei Männer!

»Sehen Sie«, sagte Boris, »zwei Väter und zwei Söhne. Großvater, Vater und Sohn!« Herr Mohnei schaute etwas verwirrt. Boris erklärte ihm: »Der Großvater ist der Vater vom Vater und der Vater ist der Vater vom Sohn. Der Sohn ist logischerweise der Sohn vom Vater und der Vater ist aber auch der Sohn von seinem Großvater, also seinem Vater. Zwei Väter und zwei Söhne können drei Männer sein!! Der Vater ist ja nicht nur Vater, sondern auch Sohn! Capito?«

Jetzt schaute Herr Mohnei noch verwirrter drein als vorher: »Äh, ja. Ich glaube wenigstens. Mal sehen: Also der Großvater ist Vater. Der Vater ist Vater. Der Vater ist aber auch Sohn …«

»… und Sohn ist Sohn.«

Boris versprach Herrn Mohnei für morgen früh drei wunderschöne Bäume. Der hörte aber gar nicht zu. »Also der Vater vom Sohn ist der Großvater. Nein. Der Großvater ist der Sohn von seinem Vater, dessen Sohn auch sein Vater sein kann, wenn er auch gleichzeitig sein eigener Großvater ist.«

Kopfschüttelnd ging er fort. Boris sah ihm grinsend nach.

»Was für ein Tag!«, sagte er zufrieden. »Jetzt bin ich aber müde und gehe nach Hause – zu meinen beiden Vätern!«

19. Es geht um Sekunden

Durch die Straßen von Zifferdingen heulte ein schneidender Wind. Die Schneeflocken kamen einem waagerecht entgegen. Die Autos, wenn denn überhaupt welche fuhren, schlichen vorsichtig über die tief verschneiten Straßen. Die Thermometer zeigten an diesem Abend elf Grad an. Aber minus.

Trotz des ungemütlichen Wetters waren viele Menschen unterwegs. Mit tief gesenkten Köpfen kämpften sie gegen das Schneetreiben und den Wind an.

Direkt vor dem Zifferdinger Tagblatt prallten zwei Männer zusammen.

»Ja, verflucht, können Sie denn nicht aufpassen? Ach, du bist es, Donald. Entschuldige! Dann können wir ja gemeinsam zur Chorprobe gehen.«

Der Angesprochene war stehen geblieben und klopfte sich den Schnee vom Mantel. »Macht nix, Benni, Schnee, Schnee, *Schnee*. Ich kenn schon nix anderes *mee*!« Donald redete gerne in Reimen. Oder in dem, was er für Reime hielt. »Der Schnee kommt aus vollem Rohr. Dann gehen wir jetzt zum Chor!«

Benni klopfte ihm auf die Schulter. »Ist ja gut. Komm.«

Gemeinsam setzten sie den Weg zur Probe fort. Der Kirchenchor studierte dieses Jahr ein von Herrn Jarolin, dem Chorleiter, für die Weihnachtszeit neu komponiertes Oratorium ein. Sauschwer und mit unzähligen Tempowechseln. »Meinst du, Donald, dass wir das Stück heute mal ganz durchsingen?«

Donald schüttelte den Kopf, wobei ihm der Schnee von seiner Mütze fiel.

»Wir werden *singen*, aber es wird nicht *gelingen*.

Die Musik ist zu *schwer*, das merk sogar ich als *Frisör*.«

Kurze Zeit später hatten alle Sänger den Weg durch das Unwetter geschafft, nahmen ihre Plätze ein und warteten auf den Dirigenten.

Herr Jarolin war ein sehr kleiner Mann mit Segelohren. Wie immer hatte er einen riesigen karierten Schal um den Hals geschlungen. Er trat vor seinen Chor und gab den Einsatz, indem er auf eine kleine Glocke schlug. Und brach sofort wieder ab. »Nein, nein, nein. So geht das nicht. Das ist ja zum Haareraufen!«

Die Mitglieder des Kirchenchores grinsten. Erstens sah Herr Jarolin sehr lustig aus, wenn er sich aufregte. Und zweitens hatte er so wuschelige Haare, als würde er sie den ganzen Tag lang raufen.

Herr Jarolin klopfte ernst mit den Fingerknöcheln auf sein Pult. »Liebe Leute, hier, gleich am Anfang, setzt ihr immer zu früh ein. Ihr müsst genau in dem Moment anfangen, wenn der Klang meiner Glocke verklungen ist. Später im Konzert müsst ihr dann genau auf den Klang der Kirchenglocken hinhören. Und genau dann, wenn die verhallt sind – nicht früher und nicht später –, setzt ihr mit dem Halleluja ein. Erst die Bässe, die tiefen Stimmen. Meine Herren, aufpassen …«

Donald und Benni stießen sich an. Sie gehörten zu den Bässen.

»Ich bin ein *Bass* und immer noch *nass*!«, flüsterte Donald.

»… und dann«, fuhr Herr Jarolin fort, »dann die *andern*.«

»… sonst gibt's ein Durch*einandern*«, ergänzte Donald leise.

Benni hob den Arm und fragte den Chorleiter: »Können wir das nicht irgendwie ausmessen?«

Herr Jarolin verstand nicht. »Ausmessen? Was denn ausmessen?«

»Na ja«, meinte Benni. »Wie lang die Kirchenglocken schlagen. Wie lang es eben dauert, bis der Klang verhallt ist. Wie lange müssen wir zählen bis zum Halleluja?«

Herr Jarolin wedelte mit den Händen. »Sie sollen hier nicht zählen, mein lieber Herr Benni. Musik ist keine Mathematik. Beim Chorgesang muss man zwar auch die Takte zählen, aber Singen ist Gefühl, ist Einfühlung in die Harmonie, in die Schwingungen. Oder wie bei meinem Weihnachts-Oratorium ein Einfühlen in die Heiligkeit der Zeit! Da braucht man ein gutes Ohr, ein gutes Taktgefühl und keinen Taschenrechner.«

Jetzt mischte sich Donald ein. »Lieber Herr Jarolin, Ihre Komposition in allen Ehren. Sie gefällt uns ja *gutt*. Aber wir wollen die Fehler nicht vermehren. Sonst ist das Werk ka*putt*!«

Herr Jarolin schaute Benni irritiert an. Was sollte das jetzt heißen?

Benni erklärte: »Donald meint, es geht doch um Ihr Werk. Warum sollen wir da nicht eine Hilfe haben, damit das Werk bei der Aufführung auch allen Zuhörern gefällt?«

Herr Jarolin dachte kurz nach. Er schaute auf die Chormitglieder, die erwartungsvoll vor ihm standen.

»Na gut«, meinte er endlich. »Na gut. Wenn ihr meint. Dann wollen wir mal überlegen.«

Er setzte sich und auch die Sänger sanken erleichtert auf ihre Stühle.

»Das Konzert beginnt ja mittags direkt nach dem Läuten der Kirchenglocken. Erst schlägt eine Glocke vier Mal, um anzuzeigen, dass eine volle Stunde vergangen ist. Dann schlägt eine andere, etwas tiefere, zwölf Mal, um anzuzeigen, dass es zwölf Uhr ist. Der Abstand zwischen zwei Schlägen beträgt immer zwei Sekunden. Der letzte Schlag ist nach fünf Sekunden verklungen. Jetzt wisst ihr also genau, nach wie vielen Sekunden euer Einsatz kommt!«

Benni und Donald schauten sich an – und zuckten ratlos mit den Schultern.

Frage:

Nach wie viel Sekunden verklingt das Läuten und wann müssen demnach die Sänger einsetzen?

Und hier kommt die Lösung:

Nachdem Herr Jarolin geendet hatte, wandten sich die Chormitglieder einander zu und flüsterten aufgeregt.

Manche nahmen beim Rechnen ihre Finger zu Hilfe, einige holten sich Papier und Bleistift.

Auch Benni nahm seine Finger zu Hilfe, war aber schnell so weit, dass er meinte: »Das wird nix. Ich brauch noch 'ne dritte Hand. Oder sogar noch eine vierte? Keine Ahnung! Wirst du da schlau draus, Donald?«

Zu seiner Überraschung nickte der.

»Na *klar*! Ist doch nicht *schwar*!

Hör mal auf mit deinem *Geschnaufe* und pass mal *aufe*!«

Und er begann Benni die Sache zu erklären.

Insgesamt waren ja 16 Schläge zu hören mit einem Zwischenraum von zwei Sekunden. Das machte also 30 Sekunden, weil es zwischen 16 Schlägen 15 Abstände gibt. Und Herr Jarolin hatte ja erklärt, dass fünf Sekunden vergehen, bis der letzte Glockenschlag verklungen sei und das Stück beginnen sollte. Also müsse man zu den 30 Sekunden noch fünf Sekunden dazuzählen. Insgesamt mache das also …

»35 Sekunden«, sagte Donald laut.

Herr Jarolin schaute ihn an: »Bravo, Herr Donald, bravo. Das stimmt. Vom Beginn des ersten Glockenschlages müsst ihr 35 Sekunden warten und genau dann kommt euer Einsatz. Nicht

früher und nicht später. Genau nach 35 Sekunden und nicht nach 34,9 oder 35,1 Sekunden! Alles klar?«

Er stand auf, die Sänger gingen wieder an ihre Plätze. Auch Benni und Donald erhoben sich.

»Komm, Benni«, meinte Donald. »Machen wir uns auf die *Socken* und hören auf die *Glocken*!«

20. Die Mathe-Klasse mit Klasse-Mathe

»Guten Morgen!« Herr Reich, der Mathelehrer, begrüßte seine Klasse.

»Guten Morgen!«, kam es zurück.

»Na, dann wollen wir mal ein bisschen Mathe machen, oder?«

»Lieber nicht.« – »Heute ist doch letzter Schultag vor Weihnachten!« – »Mathe-Stunden sind matte Stunden!« – »Nicht jetzt.« – »Keine Lust.«

Das waren in etwa die Sätze, die von der Klasse kamen. Es war eben der letzte Schultag vor den heiß ersehnten Weihnachtsferien. Und so recht Lust auf Mathe hatte eigentlich niemand mehr.

»Ja, ja, ihr denkt nur noch an Weihnachten, stimmt's?« Herr Reich lächelte. Zu seiner Schülerzeit war es ihm auch so ergangen. »Na, dann wollen wir mal«, sagte er und begann. »Wenn ihr schon meint, dass ihr keine Lust auf Mathe habt, dann machen wir eben mal eine ganz besondere Mathestunde. Ich zeige euch heute mal ein paar schöne Zauberzahlen.«

Die Klasse stöhnte. Zauberzahlen, wie sollten die denn aussehen?

Herr Reich begann zu schreiben. Seine Zahlen waren vor allem eines: lang! Die erste sah so aus:

9 135 802 469 136

Und die zweite lautete:

1 975 308 641 975

Herr Reich drehte sich wieder der Klasse zu. »Wer will diese Zahlen einmal zusammenzählen? Ich wette mit euch, ihr werdet staunen!«

Freddi, der Klassenbeste in Mathe, meldete sich und ging zur Tafel. Und so sah das Ergebnis der Rechnung aus:

$$
\begin{array}{r}
9\ 135\ 802\ 469\ 136 \\
+\ 1\ 975\ 308\ 641\ 975 \\
\hline
=\ 11\ 111\ 111\ 111\ 111
\end{array}
$$

»Na, was sagt ihr jetzt? Sieht doch klasse aus, oder?«

Freddi, der immer noch vorne stand, meinte: »Super!«

»Es geht aber noch weiter«, erklärte Herr Reich. »Jetzt nehmen wir von der ersten Zahl die erste Ziffer, also die erste Stelle, weg – das ist die 9. Und von der zweiten Zahl streichen wir die letzte Stelle, die 5. Das zählen wir wieder zusammen und das sieht dann so aus:

$$
\begin{array}{r}
135\ 802\ 469\ 136 \\
+\ 197\ 530\ 864\ 197 \\
\hline
\end{array}
$$

Freddi, leg los!«

Und Freddi legte los. Und das kam dabei heraus:

135 802 469 136
+ 197 530 864 197

= 333 333 333 333

Da musste nicht nur Freddi staunen. Die ganze Klasse tat es.

Doch Herr Reich machte munter weiter. »Und weil das so schön war, machen wir das noch einmal. Von der ersten Zahl die erste Stelle streichen und von der zweiten Zahl die letzte. Das schreiben wir hin und zählen zusammen. Wer will jetzt mal ran? Danke, Freddi.« Er schickte Freddi zurück in die Bank und rief Sara zu sich. Die schrieb und rechnete dann und das kam dabei heraus:

35 802 469 136
+ 19 753 086 419

= 55 555 555 555

»Willst du noch eine machen, Sara?«, fragte Herr Reich. Die nickte. »Also wieder die erste Stelle weg und von der zweiten Zahl die letzte weg.«

Und das kam dabei heraus:

```
  5 802 469 136
+ 1 975 308 641
-------------------
= 7 777 777 777
```

»Na, was haltet ihr davon?«, wollte Herr Reich wissen.

»Klasse«, meinte die Klasse. Und Sara sagte noch: »So müsste Mathe immer sein.«

Herr Reich grinste ein wenig. »Na, dann wollen wir einfach weitermachen. Auf geht's.«

Diesmal schrieb er wieder selbst auf und erklärte dabei: »Wie immer, erste Stelle der ersten Zahl weg und letzte Stelle der zweiten Zahl weg.«

Er schrieb und rechnete und das las die Klasse:

```
    802 469 136
+   197 530 864
-------------------
= 1 000 000 000
```

»Aber damit sind wir noch längst nicht fertig«, sagte Herr Reich. »Wer will weitermachen?«

Jetzt meldeten sich fast alle. »Ich – Ich – Ich«, riefen sie durcheinander.

»Also Ibrahim, jetzt du.«

Ibrahim ging nach vorne. Eigentlich war er eine Null in Mathe, aber bei diesen Zauberzahlen packte selbst ihn der Ehrgeiz. Er nahm die Kreide und es ergab sich folgende Rechnung:

02 469 136
\+ 19 753 086
\--------------
= 22 222 222

Danach fragte er: »Soll ich gleich weitermachen?«

Herr Reich nickte. »Wenn du magst.«

Ibrahim begann:

2 469 136
\+ 1 975 308
\--------------
= 4 444 444

Und dann:

```
  469 136
+ 197 530
-----------
= 666 666
```

Und weiter:

```
  69 136
+ 19 753
----------
= 88 889
```

»Ach du grüne Neune!«, sagte da Ibrahim. »Da ist ja plötzlich eine 9! Ist das richtig?«

»Kein Problem. Ein kleiner Schönheitsfehler, aber okay«, erklärte Herr Reich. »Mach nur weiter!«

```
  9 136
+  1 975
----------
= 11 111
```

Ibrahim drehte sich zu Herrn Reich um. »Immer noch weiter?«

Herr Reich nickte. »Na klar. Bis es nicht mehr geht.«

Und Ibrahim schrieb und rechnete weiter:

```
   136
+  197
-------
=  333

    36
+   19
------
=   55

     6
+    1
----
=    7
```

»Schluss. Ende«, sagte Ibrahim schließlich.

»Genau«, meinte Herr Reich. »Wie findet ihr das? Ist das nicht eine schöne Zahlenzauberei? Am Anfang hatten wir zwei Zahlen, die 13 Stellen hatten. Dann haben wir immer bei der ersten Zahl

vorne die erste Stelle und bei der zweiten Zahl die letzte Stelle weggenommen.«

»Und wenn wir sie zusammengerechnet haben, kamen immer coole Zahlen raus.«

»Außer bei einer. Da war die Neun nach den Achten!«, sagte Luise.

»Richtig«, meinte Herr Reich. »Und soll ich euch was sagen: Auch das ist Mathematik! Mathe kann nämlich richtig Spaß machen! Drum sag ich ja immer, was gibt es Schöneres als Mathe?«

»Weihnachten!«, schrie die ganze Klasse.

Frage:

In der Pause kaufte sich Herr Reich sieben Mandarinen. Er isst alle auf bis auf drei. Wie viele bleiben übrig?

Und hier kommt die Lösung:
Steht in der Frage!!!

21. Viele Gäste feiern feste

Heute ist der so genannte Overstolz-Advent. An diesem Tag feierte man im Internat Overstolz den vierten Advent. Was auch bedeutete, dass die Schüler in die Weihnachtsferien entlassen wurden. Wie immer gab es für die Eltern der Schüler der beiden Abschlussklassen ein großes Mittags-Fest, das von dem Leiter-Ehepaar des Internates ausgerichtet wurde. Herr und Frau von Bergenfels zu Wagenburgh waren seit vielen Jahren mit dieser Aufgabe betraut. Für die Schüler war es natürlich klar: Der vierte Advent ist ein Festtag! Endlich Winterferien! Und das Schönste war, dass sie an der Feier mit ihren Eltern *nicht* teilnehmen durften. Was sowieso keiner wollte. Denn da wurden endlose Reden gehalten, alle waren festlich gekleidet, man musste sich wahnsinnig gut benehmen und es dauerte ewig, bis es endlich etwas zu essen gab. Für die Schüler gab es darum ein Extraprogramm. Disco im *IN&OUT*.

Während die Schüler sich also verdrückten, wurden ihre Eltern von Herrn und Frau Bergenfels zu Wagenburgh in der Eingangshalle persönlich begrüßt. »Ach wie schön, Herr Direktor, dass Sie kommen konnten. Ihr Sohn Bernward macht uns große Freude!«

Wobei man sagen muss, dass dieser Bernward bei seinen Freunden Pimpi genannt wurde und »so blöd wie Katzenstreu« war, wie sein Banknachbar Thomas immer sagte.

Dann wurde das Ehepaar von und zu Fürstenschwang begrüßt, deren Zwillinge neu im Internat waren.

»Sie glauben ja gar nicht, wie aufgeweckt die beiden sind«, berichtete Frau von Bergenfels zu Wagenburgh den Eltern.

Mit »aufgeweckt« meinte sie eigentlich, dass die beiden nicht zu bändigen seien und erst neulich durch die Feuerwehr von der obersten Spitze des Fahnenmastes heruntergeholt werden mussten. Und so ging die Begrüßung weiter. Als Letztes traf der Vater von Felix Kater ein. Tristan Kater war ein berühmter Dirigent, der in der ganzen Welt unterwegs war und hoffte, dass sein Sohn auch einmal ein berühmter Dirigent, Musiker oder wenigstens Sänger werden würde. Aber der dachte überhaupt nicht daran. Felix war ein begnadeter Computer-Spezialist, der gerade seinen Freunden beigebracht hatte, wie sie vom Bankkonto ihrer Eltern Geld auf ihr eigenes Konto überweisen konnten. Nur insofern hatte sich der Wunsch von Felix' Vater erfüllt, denn jedes Mal, wenn eine solche Überweisung bei Felix eintraf, sang er aus vollem Hals den Song *Money makes the world go around.*

Endlich waren alle Gäste da. Das Fest begann. Und alles verlief zur vollsten Zufriedenheit von Herrn und Frau von Bergenfels zu Wagenburgh. Einige Gäste mussten allerdings schon recht früh aufbrechen wegen der langen Heimfahrt, die sie vor sich hatten. Langsam leerten sich die Räume. Am Abend lag das Internat Overstolz in ungewohnt friedlichem Schlummer, als das Telefon schrillte. Ein Bediensteter gab den Hörer an Frau von Bergenfels zu Wagenburgh weiter. Es war Frau Plunz, ihre Mutter.

»Hallo, Mama! Wie geht's denn? ... Was? Wie es *mir* geht? Bestens, außer dass ich hundemüde bin ... Warum? Na, du weißt doch, heute ist der vierte Advent. Das ist der große Festtag für die Eltern. Es waren doch ziemlich viele da. Wir haben wie immer schon um 12:00 Uhr angefangen. Und um 15:00 Uhr verabschiedete sich die erste Hälfte unserer Eltern. Um 16:00 Uhr dann wieder die Hälfte der dann noch anwesenden Gäste. Und das ging so weiter. Nach jeder weiteren Stunde verschwand eine Hälfte der noch anwesenden Eltern. Um 21:00 Uhr abends hat uns der letzte Gast verlassen. Das war übrigens Tristan Kater, der berühmte Dirigent ... Was meinst du, Mama? Ja, genau der! ... Wie viele Gäste wir insgesamt gehabt haben? Das kannst du dir ja selbst ausrechnen. Ich muss jetzt aufhören und ein Rosmarin-Kamillen-Schnittlauch-Bad zur Entspannung nehmen. Tschüs, Mama!« Sie legte auf.

Frage:
Wie viele Gäste waren bei dem Internatsfest?

Und hier kommt die Lösung:

Es brauchte lange, bis Frau Plunz die Lösung gefunden hatte. Das kam nicht daher, weil sie nicht wusste, wie man die Rechnung lösen konnte. Es dauerte so lange, weil Frau Plunz so aufgeregt war. Ihre Tochter hatte den berühmten Dirigenten Tristan Kater getroffen. Sie selbst war nämlich der größte Fan von ihm. Sie wusste alles über ihn, hatte schon drei Autogramme ergattert. Sie besaß das Buch, das er geschrieben hatte – mit einer Widmung für sie. Erst nachdem sie sich wieder beruhigt hatte, konnte sie überlegen, wie viele Gäste denn beim Fest gewesen waren.

›Ich muss von hinten anfangen‹, dachte sie. ›Um 21:00 Uhr verließ als Letzter Tristan Kater das Fest. Er war die Hälfte von denen, die noch da waren. Also waren um 20:00 Uhr noch zwei Gäste da. Um 19:00 Uhr noch vier, um 18:00 Uhr noch acht, um 17:00 Uhr waren es noch 16, um 16:00 Uhr noch 32. Und um 15:00 Uhr, bevor die ersten gingen, waren es demzufolge 64 Gäste. Und darunter Tristan Kater‹. Frau Plunz sah auf das Foto des Dirigenten, das vor ihr lag, und seufzte. »Ach, er schaut mich immer so trist an!«

22. Der Weihnachts-Geburtstag

Normalerweise ist ein Geburtstag eine feine Sache, ein Tag, auf den man sich freut. Paule freut sich auf den seinen, Meike auf ihren, Alex sowieso und Franka erst recht. Alle waren sie heute gekommen, um Nadja zum Geburtstag zu gratulieren. Eigentlich ist es ja ein Festtag, wenn man elf Jahre alt wird. Aber Nadja war überhaupt nicht in Feststimmung. Und warum?

»Na, weil fast schon Weihnachten ist«, meinte sie. »Heute ist der 22. Dezember. Übermorgen ist Weihnachten. Das ist einfach unfair. Alle kriegen immer schöne Geschenke zum Geburtstag. Und ich? Ich krieg immer Sachen für Geburtstag und Weihnachten zusammen.«

Nadjas Freundin Meike umarmte sie. »Komm, Nadja. Du kannst ja doch nix an deinem Geburtsdatum ändern. Wir machen jetzt ein prima Fest und feiern schön. Und hier ist mein Geschenk. Das ist auch gleichzeitig dein Weih…« Meike brach ab und schaute verlegen auf ihre Freundin.

»Siehst du, du machst es genauso«, beschwerte sich Nadja.

»Wart's ab«, meinte Meike.

Nadja nahm das Geschenk und stellte es auf ihren Geburtstagstisch.

Auch die anderen gaben jetzt Nadja ihre Geschenke und gratulierten ihr. Dann rief Paule laut: »Alle mal herhören! Besonders du, Nadja! Seid doch mal ruhig!« Er kletterte auf einen Hocker und verkündete: »Liebe Nadja, wir wissen ja, dass dich dein

Weihnachts-Geburtstag schon oft gestört und geärgert hat. Darum haben Meike, Alex, Franka und ich beschlossen, dass du dieses Jahr auch noch zu Weihnachten ein Geschenk bekommst.«

Nadja schaute erst ein wenig ungläubig, strahlte dann aber. »Echt? Das find ich aber klasse von euch! Danke.« Suchend schaute sie sich nach dem Geschenk um. »Und wo … äh, also …«

Die anderen lachten.

»Du meinst das Geschenk?«, fragte Paule. »Das kriegst du natürlich erst übermorgen an Weihnachten. Aber …«, fuhr er fort, als er Nadjas enttäuschtes Gesicht sah, »… du musst es dir verdienen und vorher – nämlich hier und heute – eine klitzekleine Aufgabe erfüllen. Erst dann bekommst du das Geschenk.«

»Aufgabe?«, wollte Nadja wissen. »Was für eine Aufgabe? Das klingt ja furchtbar nach Mathe!«

Die drei grinsten sich an.

»Ja, irgendwie hast du Recht«, meinte Franka. »Es ist wirklich eine Rechenaufgabe. Aber irgendwie auch wieder nicht. Aber mehr wird nicht verraten. Komm, Alex, leg los!«

Alex zog einen Zettel aus der Hosentasche und begann zu lesen. »Stell dir vor, du bist der Fahrer des Zifferdingener Paketautos von der Post. Der holt Pakete ab und liefert sie aus. Jetzt an Weihnachten ist ja viel zu tun. Du fährst also in die Zentrale

und holst 17 Pakete ab, dann in der Zweigstelle noch mal 14 Pakete. In der Karlstraße lieferst du 13 aus, in der Sandstraße weitere acht. In der Hauptstraße bekommst du fünf neue, gibst aber zwei ab. Hast du das verstanden, Nadja? Nadja!«

Nadja hatte nicht hingehört, weil sie gerade auf einem Zettel die Zahlen notierte. Schließlich schaute sie auf. »Ja, alles klar!«

»Dann kommt jetzt meine Frage«, sagte Paule. »Wie alt ist der Paketfahrer?«

»Waaas?« Nadja schaute ihre Freunde entgeistert an. »Wie alt der Paketfahrer ist? Ich glaube, ihr spinnt? Das kann man doch nicht wissen!«

Die anderen grinsten sich an.

Frage:
Wie alt ist der Paketfahrer?

Und hier kommt die Lösung:

Zugegeben, ein bisschen gemein ist die Frage schon. Aber wie hieß es ganz am Anfang der Frage: Stell dir vor, du bist der Fahrer des Paketautos von der Post. Alles klar? Wenn sich Nadja also vorstellen soll, sie sei der Paketfahrer, dann gibt es auf die Frage nur eine Antwort: Der Paketfahrer ist elf Jahre alt!! Weil Nadja elf Jahre alt ist!

Schließlich kam auch Nadja auf die Lösung. »Ihr seid schon ganz schön fies«, meinte sie. »Ich rechne und rechne. Und das völlig umsonst!« Dann klatschte sie in die Hände und meinte: »Dafür bekomm ich aber jetzt mein Geschenk!«

»Nein, nein«, sagten die anderen. »Erst übermorgen. Sonst wär es doch kein Weihnachtsgeschenk!«

Dagegen konnte Nadja nichts sagen. Aber als Franka und die anderen nach noch mehr Kuchen fragten, meinte sie nur: »Die bekommt ihr nur, wenn ihr mir eine Frage beantwortet. Ich gebe euch Kuchen und was gibt ein Wächter?«

Die anderen schauten sich an. Keiner wusste die Antwort. »Ein Wächter gibt 8!«, erklärte Nadja lachend und ging den Kuchen holen.

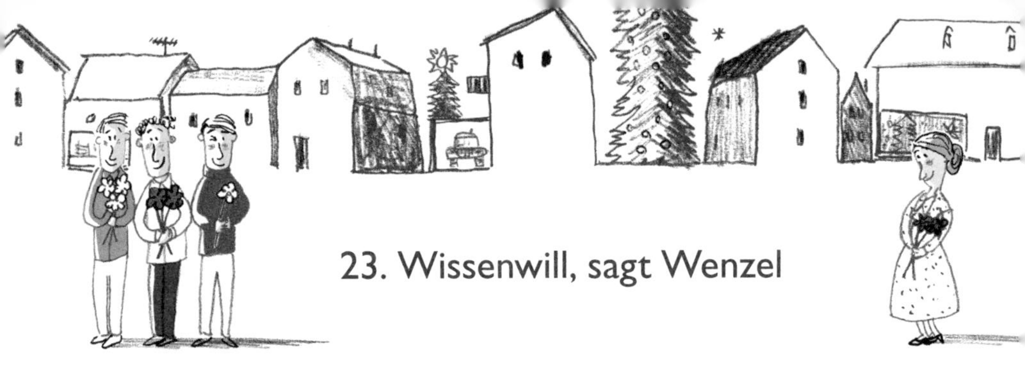

23. Wissenwill, sagt Wenzel

»Wo kommt der Honig rein, Mama?« Wenzel nahm den Topf mit dem Honig und schaute, wie viel drin war. »1000 Gramm«, las er vor. »Das ist ein Kilo. Stimmt's?«

Seine Mutter nickte. »Stell ihn weg«, meinte sie. »Den brauchen wir jetzt noch nicht. Erst später für die Basler Leckerli. Zuerst machen wir die Rosinen-Höckli.«

Wenzel stippte mit dem Finger in den Teig aus Butter, Zucker, Eiern und Mehl. »Mmh, gutschmeck.«

Seine Mutter knuffte ihn an die Schulter. »Finger weg, mein Lieber, sonst reicht der Teig nicht.« Sie öffnete die Tüte mit den Rosinen. »Die brauchen wir jetzt für die Höckli.« Sie knetete noch einmal energisch den Teig durch.

»Musst du heute nicht zur Arbeit?«, wollte Wenzel wissen.

»Erst morgen wieder«, meinte seine Mutter. »Heute Nachmittag macht Frau Wenig die Führungen.« Frau Wenig und Frau Summer waren die beiden Frauen, die in Zifferdingen Stadtführungen machten. Sie wechselten sich tageweise ab. Heute war Frau Wenig dran. Frau Summer mischte die Rosinen in den Teig, gab Wenzel einen Löffel und zeigte ihm, wie man damit kleine Teighäufchen auf das vorbereitete Blech setzte. »Das sind die Höckli«, erklärte sie. »Das Rezept hab ich von meiner Basler Großmutter gelernt.«

Wenzel lachte. »Das war die, die ein bisschen gesponnen hat. Stimmt's?«

»Na, hör mal«, meinte Wenzels Mutter. »So wie du das sagst, klingt das ja, als wäre sie, als hätte sie …«

»… einen Sprung in der Schüssel gehabt«, ergänzte Wenzel lachend.

»So redet man nicht über seine Urgroßmutter«, meinte Frau Summer und schob das erste Blech in den vorgeheizten Ofen. Sie trug das nächste Blech zum Tisch und es ging weiter mit der Höckli-Produktion.

»Erzähl doch mal von ihr«, sagte Wenzel. »Wissenwill.«

»Sie wurde 1905 in Basel geboren und war immer eine besondere Frau. Sie fuhr Fahrrad und kletterte auf Bäume wie die Jungs. Für damalige Zeiten war das sehr ungewöhnlich. Und sie wollte unbedingt studieren. Und deswegen ging sie auch nach Paris.«

Wenzel häufte weiter Höckli aufs Blech. »Und bei einer Weihnachtsfeier hat sie dann meinen Uropa Wenzel kennen gelernt« ergänzte er.

»Genau, und nach ihm haben wir dich genannt«, sagte seine Mutter.

»Und er hat sie dann gleich geheiratet«, fuhr Wenzel fort.

Seine Mutter musste lachen. »Nein, nein, so einfach war das nicht.«

»Warum nicht?«, wollte Wenzel wissen.

»Weil dein Uropa Wenzel noch zwei Brüder hatte, die sich auch in deine Uroma verliebt hatten.«

Wenzel zuckte mit den Schultern. »Na und. Sie wollte doch den Wenzel. Da war doch alles klar.«

»Von wegen«, meinte Frau Summer. »Deine Uroma war sich nicht so ganz sicher, welchen der drei sie nehmen wollte. Drum stellte sie den dreien ja auch eine Aufgabe.«

»Eine Aufgabe?« Wenzel staunte. »So was gibt's doch nur im Märchen, wenn sich die Prinzessin für einen der Prinzen entscheiden soll.«

Wenzels Mutter schaute in den Ofen, holte das erste Blech mit den fertigen Rosinen-Höckli raus und schob das nächste hinein. »Genau so war es aber«, sagte sie.

»Und was war das für eine Aufgabe?«, wollte Wenzel wissen. »Weißt du die noch?«

»Na klar weiß ich die noch. Das gehört doch zu unserer Familiengeschichte.«

Wenzel hörte auf Höckli aufs Blech zu häufen. »Und wie geht die?«

Frau Summer setzte sich hin und trocknete ihre Hände an einem Handtuch ab. »Das war so. Auf dem Gymnasium war das Lieblingsfach deiner Uroma Griechisch.«

»Oje«, unterbrach Wenzel sie und griff zu einem fertigen Rosinen-Höckli.

Seine Mutter bemerkte es gar nicht. Sie fuhr fort: »Als also alle drei Brüder sie heiraten wollten, fiel ihr ein, dass sie einmal

im Griechisch-Unterricht eine Rätselaufgabe von einem Dichter aus dem 4. Jahrhundert nach Christus durchgenommen hatten. Die holte sie wieder aus ihren Schulheften und gab sie den dreien auf. Und zwar ...« Jetzt griff auch Wenzels Mutter zu einem Rosinen-Höckli, biss hinein und nuschelte: »... lud sie alle drei ein und gab ihnen die Aufgabe. Wer sie als Erster lösen könne, den wollte sie heiraten.« Frau Summer putzte sich den Mund ab. »Und darum ging es: Man soll eine dreistellige Zahl suchen, bei der man die erste und zweite Ziffer zusammenzählt, mit der dritten malnimmt und das muss 35 ergeben. Die Summe aus der zweiten und dritten Ziffer, malgenommen mit der ersten, muss 27 ergeben. Und die Summe der ersten und dritten Ziffer, malgenommen mit der zweiten Ziffer, muss 32 ergeben.«

Wenzel staunte. »Hei, das ist nicht einfach.«

Seine Mutter lächelte. »Na ja, einfach sollte es auch gar nicht sein. Aber zu schwer natürlich auch nicht. Eines hatte deine Uroma den Bewerbern noch gesagt. Nämlich, dass es sich um drei aufeinander folgende Ziffern handelt.«

»Und als Erster hat es mein Uropa rausgekriegt.« Wenzel holte sich Papier und Bleistift. »Wenn mein Uropa das geschafft hat, dann kann ich das auch herausfinden. Wissenwill!«

Frage:

Wie heißen die drei Zahlen?

Und hier kommt die Lösung:

»Ist doch ganz klar, wenn Uropa Wenzel das rausgekriegt hat, dann bekomme ich das doch sowieso raus«, meinte Wenzel nach einer Weile erneut zu seiner Mutter.

Die hatte inzwischen weitere Bleche gebacken und schon mit dem Teig für die Basler Leckerli begonnen. »Hast du den Honig für die Leckerli gesehen?« Sie blickte sich suchend um.

Wenzel gab ihr das Glas.

Seine Mutter öffnete es und sagte unvermutet: »Uropa Wenzel hat das aber gar nicht als Erster rausbekommen.«

»Was? Aber … Wieso? Er hat doch die Uroma bekommen. Oder nicht?«

»Schon«, erklärte Wenzels Mutter. »Aber am schnellsten hatte die Lösung Sebastian, der ältere Bruder.«

Wenzels Mund stand weit auf. »Nixversteh. Sie hatte doch gesagt, wer's zuerst löst, den heiratet sie.«

Wenzels Mutter lachte. »Ja, deine Uroma war eben ganz besonders. Schon immer und bei allem. Sebastian war der Schnellste, aber insgeheim hatte sie sich inzwischen für Wenzel entschieden. Und den heiratete sie dann auch. Der hatte die Lösung ja auch gefunden, nachdem er lang genug herumprobiert hatte. Er war nur etwas langsamer als sein Bruder.«

»Und die drei Ziffern waren die 3, die 4 und die 5. Also die 345. Stimmt's, Mama?«

Seine Mutter nickte und nahm ein weiteres Plätzchen.

»Weißt du was, Mama? Wenn man vor meinen Uropa ein E setzt, dann heißt er nicht mehr Wenzel, sondern wie?«

Seine Mutter schaute ratlos.

»Na E-Uropa. Europa!«, lachte Wenzel. »Und wenn man vor den Weihnachtsmann ein Z setzt, wie heißt er dann?«

»Zweihnachtsmann«, stöhnte Frau Summer.

»Richtig«, lobte Wenzel und nahm erneut ein Rosinen-Höckli.

Auch seine Mutter nahm noch eines.

»Leckerschmeck!«, meinte sie.

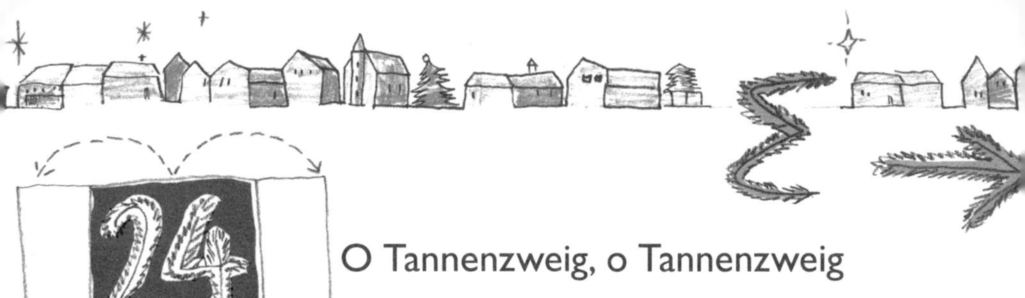

24 O Tannenzweig, o Tannenzweig

Es war Heiligabend, der 24. Dezember. Zifferdingen lag in tiefem Schnee. Nachdem es dunkel geworden war, hatte man alles festlich erleuchtet. In den Vorgärten strahlten die Weihnachtsbäume mit Lichtergirlanden und leuchtenden Kugeln. Manche hatten ihre Häuser mit funkelnden Sternen geschmückt. Andere wieder hatten in das Fenster brennende Kerzen gestellt. Und konnte man in eine Wohnung hineinschauen, so sah man, dass auch die Kerzen auf den Weihnachtsbäumen brannten. Es waren kaum noch Autos auf den Straßen zu sehen. Nur Menschen, die sich langsam in Richtung Kirche bewegten, um dort am weihnachtlichen Gottesdienst teilzunehmen. An der großen Kirchentür stand Pfarrer Runkewitz und begrüßte die Menschen. Da war der Bürgermeister, Herr Wellberg, mit seiner Frau, man konnte Hauptkommissar Prinz sehen, den Leiter der Polizeidienststelle, Herrn Scharfberg, den Richter, Frau Nenner, Frau Heineke. Herr Krank ging neben seinem Kollegen, Herrn Reich. Ihnen folgte Herr Schaplinski, der immer nur »MannMann« vor sich hin murmelte. Frau Kugel war ohne ihren Mann gekommen, weil einer ja auf die Hunde aufpassen musste. Frau Summer hatte ihren Mann und ihren Sohn Wenzel mitgebracht. Und es kamen noch viele, viele mehr. Und fast alle trugen, so hatte es sich Pfarrer Runkewitz gewünscht, einen Tannenzweig in der Hand. Es sollte ein besonderes Zeichen des Friedens sein, das der Pfarrer in seinem Gottesdienst setzen wollte.

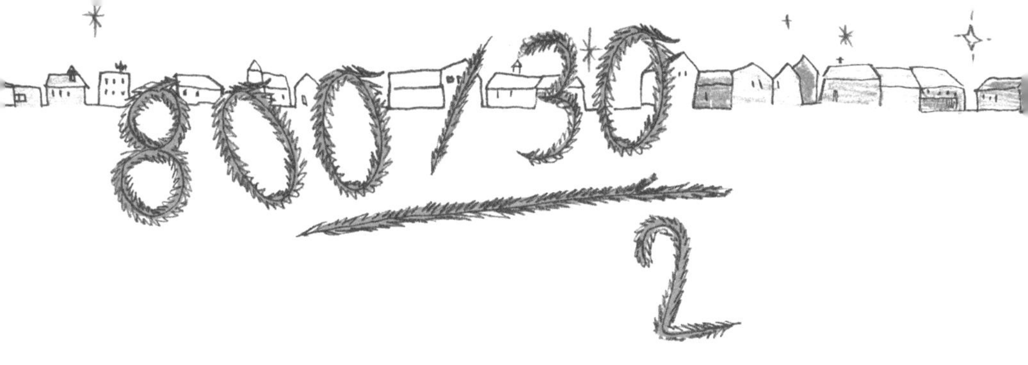

Pfarrer Runkewitz war überglücklich, dass so viele Menschen seiner Bitte nachgekommen waren und einen Tannenzweig mitgebracht hatten! Drinnen in der Kirche sollten die Besucher die Tannenzweige vor dem Altar niederlegen. Schon setzte oben auf der Empore die Orgel mit dem ersten Lied ein. »O du fröhliche«, sang die Gemeinde. Auch innen war die Kirche festlich geschmückt. In der Nähe des Altars leuchtete ein riesiger Tannenbaum mit unzähligen Kerzen.

»Wunderleucht!«, sagte Wenzel leise zu seiner Mutter.

Tommi, der neben ihm ging, meinte nur: »Sackgut.«

Eine gute Stunde später war der Gottesdienst vorbei und der Pfarrer verabschiedete seine Gemeinde an der Tür. Bis zum letzten Besucher. Am Schluss standen an der Kirchentür nur noch er selbst und der Bürgermeister, Herr Wellberg, dessen Frau schon vorgegangen war, um das Festessen vorzubereiten.

»Da haben Sie eine wunderbare Idee gehabt, Herr Pfarrer. Das mit den Tannenzweigen als Friedenszeichen war wirklich gelungen. Der Altarraum war ja vollständig von Tannenzweigen bedeckt. Wissen Sie denn ungefähr, wie viele Zweige es waren?«

Der Pfarrer lächelte. »Sogar ganz genau, Herr Bürgermeister. Sogar ganz genau. Insgesamt waren 800 Besucher in der Kirche. Davon haben 30 Leute einen Zweig getragen. Von den restlichen hat die Hälfte zwei Zweige getragen, die andere Hälfte keinen. Jetzt können Sie sich ausrechnen, wie viele Zweige in die Kirche

hineingetragen wurden.« Der Pfarrer verabschiedete sich vom Bürgermeister und ließ ihn etwas ratlos zurück.

Frage:

Wie viele Zweige trugen die Gottesdienstbesucher in die Kirche?

Und hier kommt die Lösung:

Nachdenklich ging Herr Wellberg nach Hause, wo seine Familie mit dem Essen auf ihn wartete.

Bevor er sich aber zu Tisch setzte, wollte er unbedingt die Antwort auf die Frage wissen, wie viele Zweige in die Kirche getragen wurden. Schnell setzte er sich ans Telefon und rief Luise, seine Sekretärin, an.

»Hallo, Bürgermeisterchen, frohe Weihnachten«, sagte diese.

»Ja ja, schon gut. Auch frohe Weihnachten. Sagen Sie mal, Luise, Sie haben doch so einen oberschlauen Sohn, den Hannes. Den brauch ich mal. Und Luise, sagen Sie bitte nicht immer Bürgermeisterchen zu mir. Ja? Danke.«

»Aber bitte sehr, Bürgermeisterchen. Ich hole schnell den Hannes.«

Herr Wellberg seufzte. »Hallo! Ist da der Hannes? Hallo, Hannes. Pass mal auf, du musst mir helfen. Ich war doch gerade

in der Kirche ... Was, du auch? ... Na, dann weißt du ja, was los war.« Und er erklärte Hannes seine Frage.

»No problem«, meinte der nach kurzem Nachdenken. »Also 30 Leute trugen einen Zweig, das sind nach Adam Riese 30 Zweige. Bleiben noch 770 Besucher, von denen die Hälfte zwei Zweige trug, die andere Hälfte keinen. Und das ist dasselbe, als ob jeder einen Zweig getragen hätte. Haben Sie das verstanden?«

Der Bürgermeister nickte und sagte ungeduldig: »Ich bin ja nicht blöd!«

Hannes grinste. Zum Glück konnte das der Bürgermeister nicht sehen. »Na, dann ist doch klar, dass 800 Besucher genau 800 Zweige in die Kirche getragen haben. Ganz einfach.«

»Na klar ist das ganz einfach. Ich wollte mich ja nur vergewissern, dass ich mich nicht verrechnet habe. Danke dir, Hannes. Und äh ... frohe Weihnachten.«

»Danke ... Bürgermeisterchen«, sagte Hannes und legte ganz, ganz schnell auf.

Inhalt